KB261443

천상비

정문 新무협 소설
FANTASTIC ORIENTAL HEROES

천상비 1

정문 新무협 소설

초판 1쇄 찍은 날 § 2008년 1월 18일
초판 1쇄 펴낸 날 § 2008년 1월 28일

지은이 § 정문
펴낸이 § 서경석

편집장 § 문혜영
편집 § 유경화 · 심재영

펴낸곳 § 도서출판 청어람
등록번호 § 제1081-1-89호
등록일자 § 1999. 5. 31

주소 § 경기도 부천시 원미구 심곡1동 350-1 남성B/D 3F (우) 420-011
전화 § 032-656-4452 팩스 § 032-656-4453
http://www.chungeoram.com
E-mail § eoram99@chollian.net

ⓒ 하이원, 2008

ISBN 978-89-251-1151-3 04810
ISBN 978-89-251-1150-6 (세트)

천상비

1

천불우인(天不佑人)

정문 新무협 소설
FANTASTIC ORIENTAL HEROES

도서출판

目次

第一章

인연(因緣)

천상비
新
天上碑

❋때는 원나라 말기.

1328년 태정제(泰定帝)가 상도(上都)에서 급작스럽게 사망하면서부터 시작된 제위 계승을 둘러싼 혼란은 사 년 사이 네 명의 황제가 바뀌고, 원나라의 마지막 황제인 토곤 테무르가 황제의 자리에 오르면서 마침내 일단락되었다.

하지만 오랜 내란은 민정(民情)을 피폐하게 만들었고, 민초의 삶이 힘들어질수록 황실에 대한 원성은 높아만 갔다.

원 순제 원통(元統) 원년(元年—1333년).

왕필은 고개를 숙이며 연신 죄송하다고 말하는 염소수염
의 남자를 보고 있지 않았다. 그의 눈은 남자의 뒤에 서 있는
소년을 향해 있었다.

온통 붓고 퍼렇게 멍들어 있는 소년의 몸은 성한 곳을 찾는
것이 힘들었다. 소년은 가만히 서 있는 것조차 힘들어 보였
다. 왕필은 비록 소년이 자신의 전낭을 훔치긴 했지만 화가
나기는커녕 도리어 측은하다는 생각이 들었다.

그러한 사실을 알 리 없는 최염은 왕필이 아무 말도 없이
소년을 물끄러미 바라보자 소년의 머리를 쥐어박으며 말했
다.

"어서 왕 대협께 죄송하다고 이르지 않고 뭣 하는 게냐!"

소년의 머리를 쥐어박는 최염의 손에는 힘이 실리지 않았
다.

하오문은 소매치기나 도둑, 기생들이 모여 이루어진 문파
라고 말하기도 불분명한 집단이었지만 그러한 사람들이 모였
기 때문인지 다른 어떤 문파보다 더욱 서로를 보듬고 보살피
는 곳이었다. 무엇보다 소년은 최염이 주워와 일을 가르친 아
이였다. 무림의 일에 비유하자면 사제 관계와 같은 것이었으
니 소년을 구박하는 것이 최염의 입장에서 달가울 리 없었다.

소년은 붓고 터져 피가 말라붙은 입술을 열어 말했다.

"죄송합니다, 어르신. 어르신인 줄 제가 미리 알았더라면

어찌 그런… 일을 했겠습니까. 그저 죄송할 따름입니다.”

하오문에서 자라 제대로 교육받지도 못했을 것이 분명한 소년이 제법 점잖은 말투로 사과를 하자 왕필은 의아한 마음이 들었다.

“아이야, 네 나이가 어떻게 되느냐?”

“부모를 알지 못해 정확하진 않으나 올해로 열 살이 되었습니다.”

“그럼 이름은 무엇이냐?”

“신호칠(申狐七)이라 불립니다.”

호칠(狐七). 여우가 일곱 마리. 영민하다는 뜻으로 붙은 이름일 것이었다.

왕필은 호칠의 똑 부러지는 대답에 하오문에서 도모(掏摸: 소매치기)로 인생을 보내기엔 아깝다는 생각이 들었다.

“여보게, 몸값은 치를 터이니 이 소년을 내가 맡으면 안 되겠는가?”

왕필의 말에 최염은 당황했다. 호칠을 가르치고, 호칠이 벌어온 돈을 갖는 것은 자신이었지만 따지고 보면 소년은 하오문의 재산이었기 때문이다. 게다가 호칠은 눈치도 빠르고 손재주도 좋아 일을 배운 지 일 년도 지나지 않아 망잡이에서 바람잡이, 그리고 배수(俳手)까지 올라온 도모계에서는 기재 중의 기재로 인정받는 아이였다.

이번에도 왕필의 전낭을 훔친 것이 아니었다면, 아니, 분타주 송백이 왕필을 존경하지 않았다면 맞기는커녕 큰 칭찬을 받았을 것이다.

그런 아이를 넘겨달란다고 넙죽 넘길 수는 없기에 최염은 조심스레 말했다.

"그것이… 호칠이 이 녀석은 이미 하오문에 적(迹)을 올린 데다, 또 분타주가 아끼는 놈이라서……."

"일단 말이라도 전해주게나. 오늘 가지고 온 전낭은 가지고 돌아가게. 아이의 몸값으로 생각하게나."

최염이 마지못해 알았다 대답하고 돌아가자 왕필은 사람을 시켜 의원을 부르고 호칠에게 말했다.

"우선은 몸을 추스르도록 하여라. 그 뒤에 앞으로 너의 거취에 대해 이야기하도록 하자."

새하얀 약사건(藥事巾)을 쓴 청수한 인상의 노인이 호칠의 몸을 살피고 있었다. 노인은 천하에 모르는 약재가 없고, 의원 못지않은 의술을 지니고 있는 인물로, 낙양성에서만 벌써 근 오십 년째 약방을 운영하고 있는 백담선생이었다.

"보기에는 엉망일지 모르지만 속은 심하게 상하지 않았으니 탕약을 달여 먹고 사나흘 푹 쉬면 돌아다닐 정도로 회복될 걸세. 내 약을 지어놓을 테니 한 시진 후에 사람을 보내 약재를 받아가게나. 그건 그렇고 이 정도로 맞았으면 열도 오르고 움직일 때마다 통증이 올 텐데 전혀 내색을 하지 않으니 어린 놈이 독하기도 하구나."

백담선생의 걱정할 것 없다는 말에 왕가장의 하인 노구식이 대답했다.

"예. 어린아이에게 무슨 잘못이 있다고 손을 쓴 건지……."

"그 덕에 왕 장주의 눈에 들었으니 화가 복이 된 격이지. 그나저나 나는 왕 장주나 좀 만나러 가봐야겠네. 잘 돌보게나."

백담선생이 자리를 뜨자 노구식은 호칠에게 말했다.

"네놈이 운이 좋긴 좋구나. 백담선생께서 왕가장과 친분이 없었다면 어찌 너 같은 꼬마를 진료해 주시겠느냐. 그저 주인 어른께 감사하는 마음으로 시키는 일만 똑바로 한다면 이곳에서 너를 괴롭힐 사람은 아무도 없을 것이니 마음 푹 놓고 쉬어라. 나는 일이 있어서 이만 나가보마."

거칠지만 정이 느껴지는 노구식의 말에 호칠은 차라리 잘되었다고 생각했다. 왕필의 전낭을 훔쳤다는 것만으로 평소 귀여워하던 자신을 이렇듯 매질한 걸 보면 분타주는 왕필의 뜻을 존중하는 의미에서라도 자신을 돌려달라 하지 않을 것이었다.

하오문의 생활이 만족스럽지 않은 것은 아니었다. 최염이 자신을 구박하는 것도 아니었고, 혹 구박받는다 하더라도 굶주리지 않고 살 수 있다는 것이 어딘가? 하지만 다른 사람의 돈을 훔친다는 것에 대한 죄책감이 아주 없는 것은 아니었기에 이번 기회에 손을 씻는 것도 나쁘지 않다는 생각을 했다.

하오문 낙양 분타주인 송백은 최염이 돌아간 지 하루도 지나지 않아 직접 몸을 이끌고 찾아와 왕필을 만났다. 무슨 이야기가 오고 갔는지는 알 수 없었지만, 돌아가기 직전 몸져누워 있는 호칠을 찾은 송백은 왕 대협을 잘 모시라는 말을 하고 떠났다.

호칠은 백담선생의 말대로 삼 일 만에 일어났다.

백담선생이 돌아간 다음날부터 이미 몸은 움직일 수 있었으나 그날 새벽 혼자 일어나 마당을 쓸고 있는 호칠의 모습을 본 왕필은 호칠의 몸이 다 낫기 전에는 아무것도 시키지 말라는 명을 내렸다. 그 뒤로 노구식을 비롯한 다른 하인들은 눈에 불을 켜고 호칠이 일을 하지 못하도록 지켰다. 덕분에 삼일을 꼼짝없이 환자로 누워 지낸 호칠은 삼 일째 날이 밝자마자 왕필을 찾았다. 감사의 인사도 제대로 못 올린 데다, 몸이 낫거든 자신을 찾아오라는 말이 있었기 때문이다.

왕필은 호칠을 보자마자 몸이 괜찮은지부터 물어왔다.

"백담선생 말씀대로 꼭 삼 일 만에 일어났구나. 이제 움직일 만한 게냐?"

“예. 조금의 불편도 없습니다.”

왕필은 서 있는 호칠을 자신의 앞으로 앉히곤 다시 물었다.

“혹시 글공부를 한 일이 있느냐?”

“없습니다.”

“그렇다면 내일부터 바로 글공부를 하도록 하자.”

왕필의 말에 호칠은 잠시 망설이더니 대답했다.

“제가 비록 어리지만 세상 돌아가는 바에 대해 아주 모르는 것은 아닙니다. 원나라 천하에서는 설령 관직에 나간다 할지라도 큰 뜻을 펴기 힘드니 글을 배워 무엇 하겠습니까? 차라리 일을 배우겠습니다.”

한인이 관직에 나가는 것이 힘든 것도 사실이었고 호칠의 대답을 들어보니 공부가 싫어서 하는 말은 아닌 것이 분명했다. 생각지 못한 당돌한 대답에 왕필은 내심 놀랐으나 내색하지 않고 준엄한 목소리로 꾸짖었다.

“글을 배우는 것은 이름을 날리려 하는 것이 아니라 부끄러움을 알고 바른 것을 행하기 위함이다. 설령 네가 글공부에 뜻이 없다 하더라도 수신의 기본인 소학까지는 배워야 할 것이니 그리 알도록 하여라.”

“…알겠습니다.”

호칠은 왕필이 무슨 연유로 자신에게 호의를 베풀고, 글공부까지 시키는 것인지 이유를 짐작할 수 없었지만 앞으로 주인으로 모셔야 할 어른이라 생각하고 조용히 대답했다.

그 이후로 호칠은 낮에는 왕필에게 글을 배우고 남는 시간
에는 틈틈이 하인들의 일을 도왔다.

호칠이 문일지십의 기재는 아니었지만, 어린 나이에 어울
리지 않게 의지가 굳고 천성이 영민하여 빠른 속도로 글을 배
워 나갔다. 그런 호칠을 보며 왕필은 내심 자신이 사람 보는
눈이 있다고 생각하며 즐거워했다. 하지만 그것도 잠시, 천자
문을 떼고 사자소학을 배우면서부터는 이상하게 집중하지 못
하고 흥미를 잃은 모습을 보이기 시작했다.

천자문을 배울 때만 하더라도 눈을 빛내며 한 자라도 더 배
우려던 아이가 그런 모습을 보이자 왕필은 의아한 마음에 물
었다.

"호칠아, 요즘 무슨 걱정이 있는 것이냐?"

"어르신께서 보살펴 주시는데 제가 무슨 걱정이 있겠습니
까."

호칠이 괜찮다 대답했지만 왕필은 이상하다는 생각을 지
울 수 없었다.

"그렇다면 어찌 근래 들어 배움에 있어 예전과 같은 모습
을 보이지 않는 것이냐? 바람 좀 쐬고 오고 싶은 거라면 그렇
게 하도록 하거라."

왕필은 아직 어린 호칠이 장원에 틀어박혀 글공부만 하다 보니 지루해진 모양이라고 생각해 말을 꺼냈지만 머뭇거리며 꺼낸 호칠의 대답은 생각지도 못한 것이었다.

"그런 것이 아닙니다. 사람의 자식 된 자가 어찌 효도를 하지 않겠는가[爲人子者 曷不爲孝]? 라고 하지만 천애 고아로 태어나 효를 다할 부모가 없으니, 효에 대해 배우는 것이 무슨 소용인가 하는 회의가 들어 마음이 흐트러졌을 뿐입니다."

왕필은 일순 할 말을 잊었다. 그랬다. 기실 사자소학의 절반은 효에 대해서 이야기하고 있었다. 평소 행실이 밝고 웃음이 많아 그늘이 없을 거라 생각했던 호칠이었기에 아무 생각 없이 가르쳤다. 하지만 아무리 영민하고 어른스러워 보여도 아이는 아이, 이런저런 말을 하기 전에 자신이 배려를 하지 못한 것을 자책하는 왕필이었다.

"네 마음을 헤아리지 못한 내가 잘못이 크다. 하지만 모실 부모가 없다고 효가 어떠한 것인지 모르는 것도 옳지 않거니와, 또한 자신을 낳아준 부모에게 행하는 것뿐만 아니라 반려의 부모에게 행하는 것도 효이니 나중을 위해서라도 지금 힘써 배워야 할 것이다."

"예, 알겠습니다."

대답은 알겠다 했지만 호칠의 마음이 글공부에서 떠난 것을 아는 왕필은 가슴이 답답해져 왔다.

원 순제 지원(至元) 2년(1336년).

태양이 대지를 비추고 있음에도 스산함이 감도는 북망산 자락.

붉은 승복과 황금색 가사를 보면 승려임이 분명한 노소 이 인이 싸우고 있었다. 아니, 싸움이라기에는 너무 일방적이었 다. 신기하게도 나이가 들어 힘이 달려야 할 노승은 시종일관 편안한 안색으로 선장을 휘둘러 공격을 했고, 반면 젊은 승려 는 입가에서 피를 흘리며 막아내기 급급한 모습을 보였다. 나 이에 걸맞지 않게 휘두르는 선장에서 바람 가르는 소리가 획 획 나는 것을 보면 노승은 내공을 연마한 무림인이 분명했다.

승기를 잡은 노승이 펼쳐 내는 초식에서는 승려라면 응당 가져야 할 자비심이 조금도 느껴지지 않았다. 노승은 괴이악 랄하기 이를 데 없는 초식으로 한 수 한 수 뱀이 먹이를 노리 듯 요혈과 사혈만을 집요하게 노렸다.

다시 몇 차례의 공방이 지나자 수세에 몰린 젊은 승려의 호 흡은 거칠어지고, 손놀림은 점점 어지러워만 갔다. 이대로라 면 얼마 버티지 못하고 무릎을 꿇을 것이 분명했다.

아니나 다를까, 노승이 선장을 아래에서 위로 휘둘러 젊은 승려의 손을 쳐내자 젊은 승려는 선장에 실린 힘을 이기지 못 하고 가슴을 훤히 드러내고 말았다.

노승은 눈을 빛내며 젊은 승려의 가슴에 강맹한 경력이 실린 일장을 내쳤다.

'퍽' 하는 둔탁한 소리와 함께 모로 쓰러진 젊은 승려는 쓰러진 그대로 조금도 움직이지 않았다. 확인할 필요도 없이 즉사였다. 하지만 노승은 죽은 자가 살아 돌아올까 염려하는지 젊은 승려의 파릇한 머리를 향해 선장을 휘둘렀다.

콰직!

수과(水瓜) 깨지는 소리가 나고 젊은 승려의 머리에서는 허연 뇌수와 핏물이 쏟아져 나왔다.

노승은 살인을 저지르고도 아무런 감흥이 일지 않는 것인지 시종일관 여유로운 모습이었다.

확인 사살까지 마친 노승은 합장을 하며 나지막이 왕생주(往生呪)를 외웠다.

"발 일체업장 근본득생 정토다라니. 사질, 너무 원망하지 말게나. 홍진속세의 괴로움을 더 맛봐야 하는 노납으로선 오히려 아미타여래 곁에서 복락을 누릴 사질이 부럽다네."

말을 마친 노승은 품속에 손을 넣어 물건이 잘 있는지를 확인했다. 물건을 독차지하기 위해 사질까지 살해했다. 싸우는 중에 행여 상하기라도 했으면 낭패였다.

조심스레 확인을 마친 노승은 만족스러운 얼굴로 손을 꺼내었다. 노승은 젊은 승려의 시체를 뒤로한 채 낙양성을 향해 몸을 날렸다.

호칠이 글공부를 마치고 백마반점에서 일한 지도 어느덧 일 년이라는 시간이 흘렀다.

손님들의 주문 소리와 술잔 부딪치는 소리, 기루에 새로 온 청월이 엉덩이에 점이 있다는 얘기를 중요한 비밀인 양 소곤거리는 양씨 아저씨의 목소리, 주방에서 들려오는 반 숙수의 호통 소리와 촤아악 하고 돼지고기가 기름에 볶이는 소리, 더불어 풍겨오는 매콤한 냄새와 식욕을 자극하는 냉채의 새콤한 냄새, 그리고 노동에 지친 이들의 시큼한 땀 냄새까지. 일 년이라는 시간은 이 모든 것들이 호칠의 일상이 되기에 충분한 시간이었다.

호칠은 글공부를 하는 것보다 백마반점에서 일하는 것이 좋았다. 여러 사람을 만나는 것도 좋았고, 거지와 승려를 대접하는 것도 좋았다. 물론 왕필의 지시로 하는 일이었지만 음식을 내어주는 것은 자신이 하는 일이니 자신도 제법 공덕이 쌓였을 것이었다.

점심시간도 지나고 제법 한가해질 무렵 반점 문이 열리고 염소수염의 사내가 들어왔다.

호칠은 반사적으로 '어서 오십시오' 라고 외치다 말고 반가운 표정을 지어 보였다.

“아저씨, 웬일이에요?”

“웬일은 무슨 웬일. 그냥 술이나 한잔할까 해서 왔지.”

호칠은 최염을 자리에 앉히며 말했다.

“술 뭘로 갖다 드려요?”

“백주(白酒)로 주고, 안주는…….”

“안주는 제가 주방에 부탁해서 간단하게 해드릴게요.”

호칠은 최염의 말을 자르며 말했다.

최염은 왕 대협이 호칠을 거둔 이후에도 종종 호칠을 찾아와 잘 지내고 있는지를 확인하곤 했다. 오늘도 술이 마시고 싶어서라기보다는 얼굴이나 한번 볼까 하는 생각으로 온 것이 분명했다.

호칠이 술을 내오고 얼마 지나지 않아 반점 문이 열리며 붉은 승복에 황금색 가사를 걸친 노승이 들어섰다.

노승을 본 호칠은 ‘오늘도 공덕을 좀 쌓겠구나’ 하고 잽싸게 다가가 웃으며 물었다.

“어서 오십시오. 무엇을 도와드릴까요?”

“며칠 조용히 묵을 수 있는 방이 있느냐?”

노승이 대뜸 하대로 물어오자 호칠은 조금 당황했다. 그동안 보아왔던 고승들은 상대가 자신보다 어리다 하더라도 공대를 해주었기 때문이다. 하지만 점소이 생활이 몸에 밴 탓일까? 당황한 것과는 달리 입에서는 바로 대답이 튀어나왔다.

"조용하고 깨끗한 방이 있습니다. 안내해 드릴까요?"

노승은 잠시 생각하더니 대답했다.

"아니다. 우선 요기부터 해야겠다."

요기를 하겠다는 말이 떨어지자마자 호칠은 자연스럽게 노승을 탁자로 안내했다. 의자에 앉은 노승은 곧바로 주문을 시작했다.

"참파(보리 볶은 가루를 소나 양의 젖을 바짝 졸여 만든 기름이나 술에 개어 먹는 경단같이 생긴 음식)와 양(羊)고기 요리가 있으면 좀 내오너라."

노승이 주문하는 것을 들은 호칠은 노승이 라마승임을 눈치 챘다. 고기를 먹는 것도 그렇거니와 참파와 양고기 모두 티베트와 몽고 지방에서 즐겨 먹는 음식으로, 찾아오는 손님의 구 할 이상이 한족인 백마반점에서는 팔지 않는 음식이었기 때문이다.

일찍이 원나라는 라마교를 국교로 지정하고 황실과 귀족들의 적극적인 지원으로 교세를 확장하려 했지만 그러한 시도와는 반대로 라마교는 서민들에게 인기를 얻지 못했다. 오히려 라마교는 경원시되고 민중들은 선종을 믿거나 도교에 빠져 있었다.

옛날부터 라마승은 종교 귀족으로 민중들의 수탈에 앞장서 왔고, 최근에 들어서는 황제 토곤 테무르가 라마교에 깊이 빠져 빈번한 불사(佛事)로 내정을 피폐케 하고, 방중술(房中術)에 빠져 난음(亂淫)하니 민중들 사이에서 라마교가 인기있을 리 만무했다.

호칠도 다른 이들과 다르지 않아 상대가 라마승임을 알게 되자 자신도 모르게 퉁명스러운 말투로 대답했다.

"참파요? 그런 요리는 없는데요? 남문 쪽으로 가다 보면 낙양제일루라고 있으니까 거기나 한번 가보시죠."

호칠의 태도가 처음과 달라진 것을 눈치 챈 노승은 돌연 몸을 일으켜 호칠의 멱을 쥐어 잡았다. 호칠을 들어 올린 노승은 눈을 치켜뜨곤 노기가 가득 찬 목소리로 말했다.

"아직 어린 녀석이 벌써 세상 사는 게 지겨워진 모양이구나."

호칠은 노승에 손에 잡힌 채 생각했다.

'이 빌어먹을 영감의 성질이 불같기가 이루 말할 수 없구나. 이러고도 어찌 부처님을 모신다 할 수 있는가! 이 늙은이에 비한다면 차라리 적룡방의 파락호가 더 자비로울 것이다.'

분이 일은 호칠은 노승의 손에 잡혀 몸이 허공에 떠 있는 상태로 쉬지 않고 손발을 휘둘러 노승의 몸을 차고 때렸다.

무공을 익힌 사람에게 이제 열세 살밖에 안 된 호칠의 주먹질이 효과를 볼 수 있을 리 없었지만 노승은 혹여 품속에 넣어둔 물건이 상할까 저어해 호칠을 내던졌다.

쿠당탕 하는 소리와 함께 바닥을 뒹군 호칠은 언제 넘어졌냐는 듯 벌떡 일어나 노승을 노려보았다.

한편 호칠을 내던진 라마승은 품속을 더듬어 물건이 무사한지 살핀 후 탁자에 기대어놓은 선장을 집어 들었다.

한편 옆에서 돌아가는 상황을 지켜보던 최염은 라마승이 선장을 집어 들자 사단이 나겠구나 싶은 생각에 얼른 호칠과 라마승 사이에 끼어들며 말했다.

"어린놈이 철이 없어 그런 것이니 노여움을 푸시지요. 제가 좋은 곳으로 모시겠습니다."

하지만 라마승은 최염의 말을 들은 척도 하지 않고 오히려 최염을 밀쳐 냈다. 최염은 라마승의 승복 자락을 붙잡으며 밀려나지 않으려 버텼지만 결국엔 아구구 소리를 내며 바닥을 굴렀다.

노승이 선장을 휘두르자 빠각 하고 뼈 부러지는 소리가 나고 호칠은 악! 하고 비명을 내질렀다. 라마승은 팔이 부러져 신음을 삼키고 있는 호칠에게 말했다.

"평소 같으면 네놈의 사지를 찢어 들개의 밥으로 던져 주었겠지만, 오늘은 그래도 기분이 좋으니 이 정도로 넘어가겠다."

말을 마친 라마승은 홱하니 몸을 돌려 백마반점 밖으로 나가 버렸다.

백마반점의 총관인 이용팔은 호칠에게 다가와 이만하길 다행이라고 말했지만, 호칠은 그렇게 생각하지 않는 듯 두 눈에 독기를 피워 올렸다.

라마승과 실랑이를 벌이다 바닥을 나뒹군 최염 또한 호칠이 있는 곳으로 다가와 말했다.

"호칠이 욘석아, 세상은 그저 조용조용히 사는 게 제일 좋은 거다."

"그래도 기분 나쁘잖아요!"

호칠의 말에 최염은 짧은 수염을 만지작거리며 말했다.

"그건 그렇다만… 무림인에게 그렇게 대놓고 덤비는 놈이 어디 있나?"

"그럼 어떻게 해요?"

최염은 싱긋 웃으며 자신의 소매 속으로 손을 집어넣더니 황금색이 도는 과일을 꺼내 들었다.

"이렇게 하면 되지."

좀 전 실랑이를 벌이던 순간 훔쳐 낸 모양이었다.

"품속을 더듬어 확인까지 하기에 뭐 대단한 물건이라도 있는 줄 알고 일단 훔쳤는데, 겨우 이런 과일이라니. 뭐, 생긴 건 신기하다만. 이거나 먹고 기분 풀어라."

"아저씨……."

"됐다. 난 청월이 엉덩이나 만지러 가야겠다."

최염은 라마승에게 훔쳐 낸 과일을 호칠의 품속에 억지로 넣어주고 백마반점 밖으로 사라졌다. 최염은 상대가 무림인임을 뻔히 알면서도 호칠을 위해 위험을 무릅쓰고 훔쳐 낸 것이리라. 정말 귀한 물건이라면 호칠에게 줄 리는 없겠지만 그래도 그것이 어딘가. 호칠은 새삼 최염에게 고마움을 느꼈다.

접골원을 찾아가 부러진 양팔을 이어 맞춘 호칠은 당분간 쉬라는 말을 듣고 왕가장으로 향했다. 팔은 아팠지만 아끼던 과일을 잃어버려 애가 탈 라마승을 생각하니 절로 웃음이 났다.

왕가장에 도착한 호칠은 팔을 쓸 수 없어 발로 문을 걷어찼다. 잠시 후 문을 연 노구식은 호칠의 팔을 보고 놀라며 말했다.

"아니, 그 꼴이 뭐냐? 누가 그랬어? 네놈이 어디 가서 맞고 다닐 놈은 아니고… 아무튼 일단 들어가서 쉬거라. 내원 쪽으로는 가지 말고. 귀한 손님이 왔다 들었다."

"귀한 손님이요?"

"소미 아기씨의 병을 고쳐 줄 분이라고 하더라. 먼 곳에서 일부러 모셔온 분이니 말썽 부리지 말고 얌전히 방에만 있거라."

왕필의 딸 왕소미는 태어날 때부터 몸이 약했다.

왕필의 내자 역시 몸이 약했던 탓에 소미를 낳고 병석에 누워 지내다 소미가 한 살이 되기도 전에 세상을 등졌다. 소미가 아내를 닮아 몸이 약한 것이라 짐작한 왕필은 온갖 몸에 좋다는 물건들을 먹여 소미를 키웠지만, 여섯 살이 된 현재 소미는 장원 안을 산책하는 것도 힘들어하는 상황이었다. 그런 소미의 몸을 고쳐 줄 사람이라 하니 노구식이 호칠에게 거듭 당부를 하는 것도 무리는 아니었다.

노구식에게 알았다 대답하고 자신의 방으로 들어온 호칠은 노승에게 훔쳐 낸 과일을 꺼내 자세히 살펴보았다. 금빛이 도는 것과 처음 보는 종류의 과일이라는 것을 제외하곤 별다른 것이 없었다.

중요한 물건인 것 같지는 않았지만 라마승에게 조금이나마 복수를 한 기념으로 가지고 있어야겠다고 생각한 호칠은 일단 잠을 청했다.

잠이 든 지 얼마 지나지 않아 호칠은 누군가 자신을 흔드는 것을 느끼고 눈을 떴다. 백마반점에서 함께 일하는 아강이라는 아이였다.

호칠이 눈을 뜨는 것을 확인한 아강은 울먹이는 표정으로 말했다.

"형님, 큰일 났어요."

자초지종을 들어보니 낮에 왔던 라마승이 저녁에 갑자기 나타나 한바탕 행패를 부리고 돌아갔다는 것이었다.

"다친 사람은?"

"이 총관께서 좀 다치신 것 말고 나머지는 맞아서 멍이 든 정도예요."

라마승 성격에 훔친 것을 알았다면 그 정도로 넘어갔을 리 없었다. 그냥 어딘가에 흘렸을 거라 생각하고, 자신이 들렀던 곳은 전부 확인해 보려는 것 같았다.

'그렇다 하더라도 너무나도 제멋대로다. 무림인이란 모두 저리 오만방자한 것인가. 내게 힘이 있다면 가만두지 않았을 텐데……'

아강은 호칠에게 당부하듯 말했다.

"이 총관께서 호칠 형한테 괜시리 밖으로 나다니다 봉변당하지 말고 꼼짝 말고 방에만 붙어 있으라고 전하라 하셨어요."

"알았다 전해다오. 미안하다. 괜히 나 때문에……"

아강이 돌아가고 호칠은 다시 잠을 청하려 했지만 분한 마음에 도무지 잠이 오질 않았다. 한참을 뒤척이던 중 방구석에 던져 놓은 과일이 눈에 띄었다. 아픈 팔을 움직여 과일을 집어 든 호칠은 옷에 슥슥 문지르곤 한입 크게 베어 물었다. 아삭하고 씹히며 단맛이 입 안에 퍼졌다. 호칠은 몇 번 씹지도 않고 베어 문 것을 모두 목구멍 너머로 넘겼다.

'어우 달다. 아니지, 고소하다. 고소해.'

호칠은 라마승을 생각하고 작게 킥킥 웃었다. 자신에게 힘이 있었다면 직접 혼쭐을 내주었을 것이나, 지금은 라마승이 소중하게 여기는 과일을 자신이 먹어버리는 것으로 복수를 대신하기로 했다. 과일은 씨만 남기고 순식간에 호칠의 뱃속으로 모두 사라져 버렸다. 한번 트림을 꺼억 하고 뱉어낸 호칠은 분이 좀 가라앉는 것을 느끼고 다시 잠을 청하기 위해 누웠다.

시간이 지나 막 잠이 들려던 호칠은 뱃속에서 갑자기 불같은 기운이 솟아오르는 것을 느끼고 잠에서 깼다. 뜨거운 기운은 호칠의 몸 구석구석을 헤집고, 때로는 쿡쿡 찔렀다. 호칠은 팔이 부러진 것도 잊고 방 안을 데굴데굴 구르며 괴로워했다.

시간이 조금 지나자 뜨거운 기운이 점점 가라앉았다. 조금 편해진 호칠은 과일에 독이 있다고 생각하고 손가락을 입 안으로 집어넣어 토해내려 했다. 하지만 아무리 토해내려 해도 아무것도 나오지 않았다. 점심때 먹은 것이라도 나올 법하건만 이건 숫제 틀어막힌 듯 아무것도 나오지 않고 헛구역질만 나왔다. 잠잠하던 아랫배에서 또다시 뭔가가 꿈틀거리는 것이 느껴졌다.

'어이쿠! 또 시작되려나 보다. 어서 토해내지 않으면 정말 죽을지도 모르겠구나. 그놈의 땡중, 과일을 왜 소중하게 가지고 다니나 했더니 누군가를 독살하려던 것이 틀림없다!'

호칠은 잘 움직이지 않는 손을 움직여 입 안으로 집어넣었다. 엄지와 검지로 목젖을 잡아당기자 뱃속이 꿀렁하고 요동치며 뭔가가 올라올 것 같았다.

'옳지! 이 방법이 통하는구나!'

호칠은 옳다구나 하며 더욱 열심히 잡아당겼지만 더 이상 뭔가가 올라오는 느낌은 나지 않았다. 오히려 아랫배에서 다시 기운이 올라와 몸속을 달리기 시작했다. 이번에는 조금 전과는 달리 뼈가 시릴 정도로 차가운 기운이었다.

얼마 지나지 않아 호칠의 몸은 뻣뻣하게 굳었다. 차가운 기운은 뜨거운 기운과는 달리 꼼짝할 수조차 없었다. 이빨이 마구 부딪쳐 다닥다닥 소리가 났다.

'차라리 뜨거운 기운이 낫지, 이건 더 고역이다.'

호칠의 바람이 이루어진 것인가? 아랫배에서 뜨거운 기운이 올라오는 것이 느껴졌다. 같은 곳에서 올라온 뜨거운 기운과 차가운 기운이었지만 호칠의 몸을 서로 차지하려는 듯 싸우기 시작했다. 한참을 서로 맹렬하게 밀어내던 두 기운은 점차 수그러들었다.

'옳지. 서로 싸우다 양패구상해 버렸구나.'

호칠이 조금씩 몸이 편해지는 것을 느끼며 안도의 한숨을 내쉬는 순간, 두 기운은 언제 얌전했냐는 듯 지금까지와는 비교도 되지 않는 기세로 다시 솟아올랐다. 조금 전이 땀이 삘삘 나고, 한겨울에 발가벗은 채로 바람을 맞는 정도였다면, 이번에 올라온 뜨거운 기운은 숫제 몸을 통째로 익혀 버리려는 것 같았고, 차가운 기운은 한담에 몸을 담근 것 같았다. 이렇게 되자 괴로워진 것은 호칠이었다. 정말 이대로 가다간 죽을지도 모른다고 생각한 호칠은 사람들이 몰려와 도움을 주길 바라며 소리를 지르기 시작했다.

얼마나 소리를 질렀을까. 누군가가 호칠의 방문을 벌컥 열어젖혔다.

"이놈! 귀한 손님이 왔다고 말썽 피우지 말라 했더니 이게 무슨 짓이냐!"

노구식이었다. 호칠을 나무라던 노구식은 호칠이 계속해서 비명을 지르자 뭔가 이상함을 느꼈는지 화섭자에 불을 당겨 초를 켰다. 호칠이 바닥에 뒹굴고 있는 모습을 본 노구식은 호칠에게 다가갔다.

"호칠아, 몸이 안 좋은 게냐?"

시뻘건 얼굴의 호칠이 정신없이 고개를 끄덕였다.

"부러진 팔이 아픈 게냐?"

이번에는 시퍼렇게 질린 얼굴이 된 호칠이 고개를 가로저었다.

시시각각 뻘게졌다 파래졌다를 반복하는 호칠의 얼굴을 본 노구식은 뭔가 크게 잘못됐다 여기고 재빨리 내원으로 달려갔다.

호칠에게는 억겁과 같은 시간이 지나고, 왕필이 호칠이 있는 방으로 달려왔다.

호칠의 상태를 본 왕필은 노구식에게 당장 백담선생을 모셔오라 이르고, 내원에 모신 손님에게 도움을 청하기 위해 다시 내원으로 향했다.

얼마 지나지 않아 왕필이 육십은 훌쩍 넘겼을 것 같은 나이의 노도사와 함께 나타났다.

"천화 진인, 이 아이입니다."

호칠의 맥을 살핀 천화 진인은 호칠의 몸속에서 음양의 기운이 서로를 공격하고 있음을 알았다.

천화 진인은 진기를 인도해 날뛰는 기운을 안정시키려 했지만 호칠의 몸속으로 천화 진인의 진기가 들어가는 순간 음양의 두 기운은 서로 싸우던 것을 멈추고 외부에서 침입한 진기를 공격하기 시작했다.

천화 진인은 난감해하며 진기를 거뒀다. 내력을 좀 더 밀어

넣어 잠재우려 한다면 못할 것도 없겠지만 그렇게 되면 청년의 몸이 무사할 리 없었다.

천화 진인이 이러지도 저러지도 못하고 있던 중 백담선생이 나타났다. 옷도 제대로 챙겨 입지 못하고 나타난 모양새가 노구식이 얼마나 백담선생을 재촉했는지를 보여주는 듯했다.

"혹시 금색이 도는 조롱박 모양의 과일을 먹지 않았느냐?"

호칠의 상태를 살핀 백담선생이 호칠에게 물었지만 정신이 혼미해진 호칠은 대답을 하지 못했다. 왕필은 백담선생이 뭔가를 알아낸 듯하자 조심스레 물었다.

"선생께서 뭔가 짐작되는 바가 있으신지요?"

"전설의 붕조가 먹는다는 음양선도신과라는 과일이 있소. 음양선도신과는 영약 중에서 특이하게 음과 양 두 가지의 기운을 동시에 가지고 있다 하는데… 음과 양의 기운을 조화시켜 줄 영약을 함께 복용하지 않으면 두 가지 기운이 상충하여 오히려 독이 된다오."

"선생님, 혹시 이것이 음양 뭐시기 아닙니까?"

방바닥에서 씨와 꼭지만 남은 과일을 발견한 노구식이 꼭지를 들어 보이며 물었다.

노구식에게 꼭지를 건네받은 백담선생은 잠시 냄새를 맡고 살짝 혀를 대보곤 고개를 끄덕였다.

“음양선도신과가 맞소. 내공을 쌓은 무림인이라면 내공의 힘으로 눌러 이런 상황까지 오지 않았겠지만, 호칠이처럼 내공이 없는 일반인이 먹는다면… 앞서 말한 바와 같이 음양의 조화를 도와줄 영약을 복용하는 방법밖에는 길이 없소.”

소미를 치료하기 위해 모았던 영약이 몇 가지 남아 있던 왕필이 물었다.

“그럼 영약이 있으면 나을 수 있다는 겁니까?”

백담선생은 고개를 저었다.

“아무 영약이나 다 되는 것이 아니오. 두 기운을 조화시켜 줄 수 있는 영약이 아니면 효과가 없고 오히려 더 위험해질 것이오.”

왕필은 다급하게 물었다.

“그 영약이 무엇인지요?”

“공청석유요. 하지만 소림 대환단과 비견되는 천고의 영약이라 구하기도 힘든 데다 설혹 구할 수 있다 하더라도 오늘이 지나기 전에 복용하지 않는다면 효과가 없을 것이오.”

이미 늦었다는 말과 다름없는 백담선생의 말에 왕필은 허탈해하며 호칠을 바라보았다.

“공청석유면 되는 것이오?”

지금까지 잠자코 있던 천화 진인이 입을 열었다.

방 안에 있던 사람들의 눈이 일제히 천화 진인에게로 쏠렸다. 백담선생은 고개를 끄덕이며 대답했다.

"공청석유만 있다면 화가 복이 되어 무림인들이 꿈에도 그리는 내공 상승의 기회가 될 것입니다."

천화 진인은 품속에서 옥색의 자기병을 꺼내 들었다.

"설마!"

노구식이 소리치자 천화 진인은 가볍게 고개를 끄덕이며 말했다.

"왕 대협, 이것은 왕 대협의 따님을 치료하기 위해 구해온 물건입니다."

호칠을 구하면 딸을 구하지 못한다는 말과 같았다. 왕필은 조금도 망설이지 않고 대답했다.

"호칠이는 지금 공청석유를 사용하지 않으면 목숨을 잃겠지요. 하지만 소미는 그렇지 않습니다. 이 아이에게 사용해 주십시오."

천화 진인은 고개를 끄덕이고 자기병의 마개를 뽑았다. 그러자 은은하면서 청량한 향이 순식간에 방 안에 퍼졌다. 냄새를 맡는 것만으로도 정신이 맑아질 정도였으니 복용을 하면 얼마만큼의 효능이 있을지 상상도 할 수 없었다.

천화 진인은 백담선생을 보고 물었다.

"양이 부족하지는 않은지요?"

천화 진인은 양이 부족할지를 걱정하고 있었다. 범인이라면 내어놓지 못할 것이고, 대인이라 할지라도 혹시 공청석유를 남길 수 있는지를 먼저 생각할 것이었다.

백담선생은 단 한 마디로 천화 진인이 진정 선도를 걷는 인물임을 알 수 있었다. 백담선생은 존경을 담아 대답했다.

"반 병 정도면 충분할 것입니다. 그 이상은 오히려 독이 될지도 모릅니다."

천화 진인이 호칠의 귀밑을 손가락으로 꾹 누르자 호칠의 입이 쩍 벌어졌다. 벌어진 호칠의 입속으로 공청석유를 반 병 정도 조심스레 흘려 넣은 천화 진인은 손을 움직여 호칠의 입을 닫았다.

꿀꺽하고 호칠의 목젖이 움직이는 것을 확인한 천화 진인은 옥병의 마개를 닫은 후 다시 품속으로 갈무리했다.

왕필은 두 손을 모아 읍을 하며 천화 진인에게 말했다.

"감사드립니다, 진인."

"아닙니다. 왕 대협이야말로 대단하십니다."

천화 진인은 왕필이 호칠을 위해 공청석유를 사용해 달라고 말하는 것을 듣고 진정으로 왕필을 대단하다고 생각했다. 호칠이 촌각을 다투는 위험에 빠졌다지만 그렇게 쉽게 자신의 딸을 치료할 영약을 포기하는 것은 범인은 흉내 내지 못할 행동이었다.

공청석유를 복용한 호칠은 일각 정도 시간이 지나자 고른

숨소리를 내며 잠들었다. 호칠의 맥을 살핀 백담선생은 이제 놔두기만 하면 절로 나을 것이라 말하곤 내일 다시 오겠다며 자리에서 일어났다.

천화 진인과 왕필까지 내원으로 돌아가자, 호칠을 걱정해 모여 있던 하인들도 각기 방으로 잠을 청하러 돌아갔다.

다음날 아침.

천화 진인과 왕필이 마주 앉아 이야기를 나누고 있었다. 왕필이 마시던 찻잔을 내려놓고 말했다.

"진인의 호의에 다시 한 번 감사를 드립니다."

천화 진인은 손사래를 치며 말했다.

"그저 왕 대협께 입은 은혜를 갚는 것뿐입니다."

왕필이 무슨 말인가 하며 눈을 동그랗게 뜨자 천화 진인은 허허 웃으며 말했다.

"이십 년 전 청해성 근처 야산에서 한 사람을 구해주신 일이 기억나지 않으십니까?"

왕필은 그제야 기억이 났다. 젊은 시절 청해성 부근을 여행하고 있을 때 중년의 도사가 쫓기는 것을 보고 잠시 숨겨준 일이 있었다.

"그럼, 그때 그분이……."

"바로 노도입니다."

“은혜라고 할 수도 없는 것을……”

천화 진인은 다시 손사래를 치며 말했다.

“제가 한 일도 대단치 않은 것입니다. 그건 그렇고 어제 그 아이를 잠시 만나고 싶습니다만.”

“호칠이를 말씀하시는 거라면 지금이라도 부르도록 하겠습니다.”

“아닙니다. 제가 나중에 따로 찾겠습니다.”

사람을 시켜 호칠을 부르려던 왕필은 천화 진인이 만류하자 알았다 대답하고 다시 찻잔을 들었다.

“따님을 진맥해 보니 세 달 정도 치료를 하면 건강을 찾으실 수 있을 것 같습니다.”

천화 진인의 말에 왕필은 들고 있던 찻잔을 놓칠 뻔했다.

“그… 그게 정말입니까?”

왕필은 떨리는 음성으로 되물었다. 그동안 소미를 치료하기 위해 왔던 수많은 의원들이 소미를 살폈지만 알아낸 것은 소미가 천음지체라는 사실뿐이었다. 온갖 영약을 구해 먹여도 낫지 않고 오히려 시름시름 앓는 것을 바라봐야 했던 아버지로서의 왕필을 생각한다면, 건강을 되찾을 수 있을 거라는 천화 진인의 말에 흥분하는 것은 당연했다.

“예. 반 병의 공청석유가 남은 것이 다행입니다. 덕분에 시간이 좀 걸리더라도 치료가 가능해졌으니까요.”

왕필은 자신이 추태를 부렸다 생각했는지 얼굴을 조금 붉히며 작은 목소리로 다시 말했다.

"바쁘시더라도 꼭 좀 부탁드리겠습니다."

천화 진인은 부드러운 미소를 지으며 대답했다.

"한가하게 세상이나 유람하는 사람에게 바쁘다니요. 당치 않은 말씀입니다."

왕필은 천화 진인이 한가한 사람이 아니라는 것을 알았지만 자신의 딸을 생각하니 부탁하지 않을 수 없었다.

"역시 천화 진인을 모셔오기를 잘한 것 같습니다. 의원들도 두 손 들고 고개만 젓던 소미의 병을……"

"병과는 조금 다릅니다."

"예? 그럼……?"

"왕 대협의 따님은 천음지체입니다. 혈맥이 보통사람과 다르다는 거지요. 여인이 음기가 강한 것은 하늘이 정한 이치이나, 양기가 없는 것은 아닙니다. 하지만 천음지체의 경우 양기가 전혀 없습니다. 선천적으로 음기만 지닌 채 태어나고, 살아가면서도 음기만 몸에 쌓이게 됩니다."

천화 진인은 남은 찻물을 비우고 다시 말을 이었다.

"노도의 생각으론, 왕 대협의 내자께서도 천음지체가 아니었나 합니다."

왕필은 먼저 세상을 떠난 자신의 아내를 생각하고 눈을 지

그시 감았다.

"기에 관해서는 의원보다는 무림인이 조금 나은 법이지요. 기를 도인해 음기를 죽이고, 지금까지 먹었던 영약의 양기를 북돋아 공청석유를 사용해 조화를 꾀한다면 곧 건강해질 것입니다. 어제 그 일이 아니었으면 몰랐을 방법이지요."

천화 진인은 대수롭지 않은 일처럼 말했지만 치료 과정은 심력과 공력의 소모가 극심한 일이었다.

'사람보다 중한 것이 어디 있는가. 내 조금의 수고로 한 생명이 구해진다면 그걸로 좋은 것임을……'

생각을 마친 천화 진인은 몸을 일으키며 말했다.

"저는 잠시 호칠이란 아이를 만나보고 오겠습니다."

아침에 눈을 뜨자마자 노구식에게 어젯밤의 이야기를 들었기 때문에 호칠은 눈앞의 노인이 자신의 목숨을 구해준 은인이라는 것을 알고 있었다.

은혜를 입어서 그런 것인지 아니면 자신의 마음속까지 꿰뚫어 보는 것 같은 저 눈 때문에 그런 것인지 모르겠지만 왠지 자꾸 주눅이 드는 호칠이었다.

"허어, 알 수 없구나. 선근(仙根)이 있는 것은 분명한데, 선도에 어울리지 않게 눈에 서린 영악함은 무엇인가? 그러면서도 이마에는 협기가 나타나 있구나."

자신을 영악하다 칭하는 노인의 말에 호칠은 울컥하고 기분이 상했다.

'할배가 너무 착해서 다른 사람들은 다 영악해 보이는 거겠지.'

"영악스러워 보인다는 말이 마음에 들지 않는 게로구나."

이 노인은 정말 마음속을 들여다본다고 생각한 호칠은 얼른 아니라고 대답하며 눈을 내리깔아 마주치지 않으려 했다. 그런 호칠의 모습이 귀여웠는지 천화 진인은 호칠의 머리를 쓰다듬으며 말했다.

"아이야, 이 할아버지가 숨 쉬는 방법을 가르쳐 줄 테니 매일 조석으로 빼먹지 않고 할 수 있겠느냐?"

호칠의 눈이 번쩍 뜨였다. 반점에 와서 이야기를 파는 매화자가 들려주던 이야기 중에 기인을 만나 내공을 익혀 천하제일고수가 되는 이야기가 생각났기 때문이다. 안 그래도 중 같지도 않은 땡중한테 크게 당해 힘을 가지고 싶다 생각한 호칠이 그런 제안을 거절할 리 없었다.

"예, 잘할 수 있습니다."

호칠이 눈을 반짝이며 대답하는 것을 본 천화 진인은 호칠에게 가부좌를 틀고 앉으라 명했다. 호칠은 시키는 대로 가부좌를 틀고 앉았지만 팔에 댄 부목 탓인지 자세가 조금 엉성했다. 천화 진인은 양 손바닥을 하늘을 향하게 하라거나 고개를 좀 더 들라는 등 호칠의 자세를 고쳐 준 후 말했다.

"지금 이 자세를 기억하거라. 자세를 정확하게 취하면 좀 더 빨리 기를 받아들일 수 있단다."

"예!"

호칠이 다부지게 대답하며 고개를 끄덕이자 천화 진인은 호칠의 등에 손을 가져다 댔다. 호칠은 천화 진인이 손을 댄 곳에서부터 척추를 타고 한줄기 청량한 기운이 몸속으로 들어오는 것이 느껴졌다.

"지금 이 기운이 움직이는 것을 잘 기억하도록 해라."

천화 진인의 말과 함께 청량한 기운은 호칠의 몸속에서 움직이기 시작했다. 기해혈에서부터 움직이기 시작한 기운은 호칠의 몸속을 돌고 돌아 다시 기해혈로 돌아왔다.

그런 움직임이 세 번째에 들어섰을 때 호칠은 자신을 잊고 그 움직임에 빠져들었다. 그리고 천화 진인의 입에서는 태청심공의 구결이 흘러나오기 시작했다. 호칠은 무아지경에 빠져 그 구결을 외워 나갔다.

얼마만큼의 시간이 흘렀을까. 밖은 벌써 어둑어둑해지고 있었다. 천화 진인이 천천히 손을 떼자 호칠도 정신이 들었는지 감았던 눈을 떴다. 천화 진인은 조금 지친 목소리로 호칠에게 당부했다.

"내가 좋다고 할 때까지는 혼자서 운기하는 일이 없도록 하거라. 자칫 주화입마(走火入魔)에 들 수도 있으니 아침저녁으로 직접 들러 가르쳐 주도록 하마."

매화자에게서 주화입마의 무서움을 익히 들어 알고 있던 호칠은 고개를 끄덕였다.

천화 진인은 매일 호칠을 찾아 심법을 가르치며 운기를 도왔다.

"항상 운기를 처음 할 때는 내쉬는 숨을 많이 뱉어 탁기를 몰아내고, 정신이 맑아지는 것이 느껴지면 그때부터는 내쉬는 숨을 들이쉬는 숨보다 적게 뱉어 축기를 하도록 해라."

"운기를 할 때는 안전하면서 기가 맑은 곳에서 하도록 해라. 자연기가 충만한 깊은 산속에서는 좀 더 수월하게 축기를 할 수 있지만 보호할 수단이 없을 때는 하지 않는 것이 옳다."

"운기를 할 때는 물론이거니와 평소에도 회음혈에는 항상 이 푼의 신경을 쓰도록 하거라. 기를 모으는 것은 어렵지만 빠져나가는 것은 쉽기 때문이다."

"심마가 들거나 주화입마의 징조가 나타난 것 같으면 즉시 기를 되돌리고, 능정분란 종극무극(能正紛亂 終極無極) 팔자진언을 외우도록 해라."

그런 식으로 한 달 정도 지나자 소미는 누워 있는 시간보다 일어나 앉는 시간이 더 길어졌고, 호칠은 운기를 하고 나면 몸이 충실해짐을 느낄 수 있었다.

지난 한 달을 매일같이 소미의 몸을 살피고, 호칠을 가르치느라 공력의 소모가 심한 탓인지 선인의 경지에 오른 천화 진인의 얼굴에도 피곤한 기색이 가득했다. 하지만 천화 진인은 여전히 인자한 할아버지처럼 웃으며 호칠에게 말했다.

"오늘부터 혼자서 운기를 해도 좋다. 이제 경락과 경혈에 대해 가르쳐 주마."

보통 경락과 경혈을 가르친 후에 호흡법을 가르치는 것이 정상이겠지만, 호칠이 어리고, 또한 호칠과 함께할 시간이 많지 않은 천화 진인은 공력의 소모를 감수하고 직접 진기를 인도했다. 천화 진인이 일일이 길을 다져 가며 태청심공의 운용법을 몸에 심어준 덕분에 어지간한 심마가 들지 않는 이상 호칠이 주화입마에 빠지거나 진기를 잘못 운용하는 일은 없을 것이었다.

새로운 것을 배운다는 말에 호칠은 눈을 빛냈다. 숨을 쉬고 나면 몸이 가볍고 상쾌한 것은 좋았지만 아직까지는 가만히 앉아서 숨을 쉬는 것에 큰 재미를 느끼지 못하는 호칠이었다.

"뭔가 재미있는 것을 기대하는 모양이다만, 재미있는 것은 아니다."

천화 진인의 말대로 경락과 경혈에 대해 공부하는 것은 재미가 없었다. 천화 진인이 십이경락에 대해 설명을 막 시작했을 때만 해도 눈을 초롱초롱 빛내던 호칠은 점점 지루해하더니 기경팔맥에 대해 설명을 할 때 즈음엔 심지어 하품을 하기까지 했다.

이대로는 안 되겠다 생각한 천화 진인은 손을 움직여 호칠의 어깨 어림을 찍었다. 딴생각을 하고 있던 호칠은 천화 진인이 손을 쓴 후 자신의 팔이 움직이지 않는 것을 보고 깜짝 놀랐다. 천화 진인은 점혈을 풀어주며 말했다.

"이것이 바로 점혈이란 거다. 지금 내가 가르쳐 주는 걸 잘 배우면 언젠가 너도 할 수 있을 텐데… 이제 좀 제대로 들을 마음이 나느냐?"

"네!"

호칠은 고개를 끄덕이며 대답했다. 이렇게 신기한 것을 할 수 있는 거라면 열심히 듣지 않을 리 없잖은가! 호칠은 진작부터 점혈이란 걸 알려주었다면 딴청 피우지 않았을 거라 생각하며 천화 진인의 설명에 귀를 기울였다.

"의가에서 사용하는 경혈의 명칭과 무도에서 사용하는 명칭은 상당 부분 일치하면서도 다른 부분이 있다. 뿐만 아니라 그 사용에 있어서도 사뭇 다른 부분이 있으니 그 부분에 대해서 알아둬야 할 것이다."

천화 진인은 무공에 주로 사용되는 경혈은 의가에서 사용하는 것보다 훨씬 적으니 편할 것이라 말하며 호칠의 몸을 일

일이 짚어가며 그 효과를 알려주었다.

　호칠은 천화 진인이 한번 손을 움직일 때마다 몸이 굳었다 풀어지기를 반복하며 혈을 외워 나갔다.

　한차례 설명을 마친 천화 진인은 호칠의 몸을 주물러 굳은 몸을 풀어주며 말했다.

　"오늘 가르쳐 준 곳은 마혈이다. 어차피 하루 이틀로 배울 수 있는 것은 아니니 오늘은 이만 하자."

　또다시 두 달의 시간이 흘러 어느덧 천화 진인이 약속한 시간이 되었다. 굳이 다 나았다는 천화 진인의 설명을 듣지 않아도 소미의 몸이 다 나았다는 것을 알 수 있었다. 소미의 얼굴은 더 이상 창백하지 않고 붉은빛으로 생기가 돌았고, 걸음걸이에는 힘이 넘쳤다.

　"…선천적으로 지니고 있던 기운과 영약의 기운이 섞여 보통사람보다 건강한 체질로 변했으니, 잔병에 걸리지 않고 건강히 자랄 수 있을 겁니다."

　왕필이 감사하다며 무엇이든 원하시는 바가 있다면 말해 달라 하자 천화 진인은 빈 찻잔을 들어 보이곤 웃으며 대답했다.

　"차라도 한 잔 더 주시면 바랄 것이 없습니다."

　사례를 바라지 않는다는 말. 왕필은 조용히 천화 진인의 찻잔에 차를 따랐다.

쪼르륵 소리와 함께 은은한 다향이 피어올랐다.

"…만물이 근본으로 돌아가듯[물복귀근 物復歸根] 태청을 극진히 이루면[치태청극 致太淸極], 종국에는 끝이 없음에 이른다[종극무극 終極無極]."

호칠이 낭랑한 목소리로 태청심공의 구결을 모두 암송하자, 천화 진인은 만족스런 얼굴로 호칠의 머리를 쓰다듬었다.

"몸을 쓰는 방법을 가르치지 않고 마음을 다스리는 법만 가르친 것은 시간이 없기에 하나라도 제대로 가르치고자 함이었다."

천화 진인의 말에 호칠은 그저 묵묵히 듣기만 했다.

"내가 너에게 심법을 전한 것은 네게서 선근을 본 탓이기도 하지만, 혹여 앞으로 소미에게 위험이 닥칠 때를 대비해서 가르친 것이다. 인연이 있어 외공을 익히게 된다면 좋은 일에만 힘을 쓰고, 왕 대협의 딸을 지키는 데 힘쓸 것을 약속할 수 있겠느냐?"

호칠이 조용히 고개를 끄덕이며 대답했다.

"네, 약속할게요."

처음부터 삼 개월이 지나면 떠난다는 것을 알고 있었지만 막상 때가 되니 섭섭한 마음이 일었다. 호칠은 그런 마음을 누르고 애써 웃어 보이며 다시 말했다.

"좀 더 크면 찾아뵐게요."

"네가 컸을 때쯤이면 노도는 신선이 돼서 이미 세상에 없을 것이다."

다른 도사들이 저런 말을 하면 코웃음을 쳤겠지만 천화 진인이 하니 정말 신선이 될 것 같아 농담으로 치부할 수 없었다. 호칠은 천화 진인이 신선이 된 모습을 상상해 보았지만 지금 모습이 워낙 신선 같아 지금 모습과 그리 다르지도 않았다.

천화 진인은 호칠의 손을 꼭 잡았다. 따듯한 마음이 전해지는 듯했다.

천화 진인과 이런저런 못다 한 이야기들을 나누던 호칠은 잠이 들었다.

그리고 호칠이 아침에 눈을 떴을 때, 천화 진인은 이미 떠나고 없었다.

원 순제 지원(至元) 5년(1339년).

이른 새벽, 가부좌를 틀고 운공을 행하는 호칠의 주변에는 푸른 기운과 붉은 기운이 넘실거리고 있었다. 두 기운은 호칠의 주변을 돌며 호칠의 호흡에 따라 점점 짙어져 갔다.

얼마만큼의 시간이 흘렀을까, 어느덧 닭이 우는 소리가 들리고 두 개의 기운은 그 형태가 뚜렷해져 손으로 만질 수 있다는 착각이 들 정도로 진해져 있었다.

두 기운은 돌연 호칠의 머리 위로 솟아오르더니 서로를 감싸며 돌기 시작했다. 마치 적룡과 청룡이 서로를 희롱하듯 두 개의 기운은 호칠의 머리 위에서 돌다 똬리를 틀 듯 하나로 합쳐졌다. 그리곤 점차 자신의 색을 죽여 종국엔 운무와 같이 뿌옇게 변한 기운은 호칠의 콧속으로 빨려 들어가기 시작했다. 잠시 후 운무와 같은 기운을 모두 빨아들인 호칠은 감았던 눈을 뜨며 긴 숨을 내쉬었다. 두 눈은 맑고 깊이 가라앉아 있었으며 언뜻 현기가 느껴졌다.

'드디어 음양의 기운이 완벽하게 조화되어 태극을 이뤘다.'

사실이라면 놀라운 일. 음양의 조화를 이뤘다 함은 일월합벽(日月合璧)의 경지를 말함이었다. 호칠의 나이 이제 불과 십육 세. 과연 무림에서 누가 있어 호칠과 같은 나이에 일월합벽을 이뤘을 것인가. 음양선도신과와 공청석유, 그리고 지난 이 년간 호칠이 끊임없이 행한 태청심공의 묘용이 아니었다면 불가능했을 것이었다.

호칠은 다시 눈을 감고 운공을 시작했다. 하나의 경지를 이뤘기 때문인가? 한줄기의 청량한 기운이 부드러우면서도 끊임없이 호칠의 몸 곳곳을 누볐다. 단 한 번의 막힘도 없이 순식간에 몸을 일주한 기운은 다시 기해혈로 돌아와 잠들었다. 호칠은 현재의 성취에 만족한 듯 엷은 미소를 띤 채 문밖으로 나섰다.

가볍게 식사를 마친 호칠은 한 손은 바지춤으로 찔러 넣고, 콧노래를 부르며 장원을 나서기 위해 문으로 향했다. 막 문을 열고 밖으로 나서려는 순간 뒤에서 여자 아이의 목소리가 들려왔다.

"어딜 혼자 가!"

호칠이 흠칫하며 뒤돌아보니 머리를 양갈래로 땋은 여자 아이가 양손을 허리에 올리고 눈꼬리를 치켜 올린 채 호칠을 노려보고 있었다. 이제 아홉 살이 된 소미였다. 소미는 천화진인이 몸을 고쳐 준 후로는 지나치게 건강해져, 지금까지 얌전했던 것을 만회하려는 듯 각종 사고를 치고 왕가장 사람들을 쫓아다니며 귀찮게 하기 시작했다. 왕필의 수염을 태우거나 가죽신을 팔아 당과를 사 먹는 등 왕필도 그 대상에서 예외가 되지는 못했다. 하지만 매일 누워만 있던 아이가 밝게 움직이는 것만으로도 더 바랄 것이 없는 왕필은 차마 소미를 혼내지 못했고, 그것은 왕가장의 식솔들도 마찬가지였다.

그러던 어느 날이었다. 소미는 여느 때와 마찬가지로 왕가장 식솔들의 눈을 피해 왕가장 밖으로 나갔다. 처음에는 항상 있는 일이라 그러려니 했지만 해가 지도록 돌아오지 않자 왕가장은 발칵 뒤집혀졌고, 누구 할 것 없이 소미를 찾기 위해 낙양성을 뒤졌다. 옛 하오문 친구들에게 소미가 성 밖으로 나가는 것을 보았다는 말을 전해 들은 호칠은 곧바로 성 밖을 뒤졌고, 얼마 지나지 않아 여우를 피해 나무 위로 도망친 소미를 발견할 수 있었다.

소미를 구해낸 호칠은 불같이 화를 내며 앞으로 혼자서는 장원 밖으로 나가지 말라는 말을 했고, 그 이후로 무슨 연유에선지 소미가 괴롭히는 대상은 호칠로 한정되었다.

호칠은 죽을 맛이었지만 왕필과 사람들은 잘됐다며 좋아라 했다.

그것이 일 년도 훨씬 전의 일이었다.

호칠은 바지춤에서 손을 빼고 머리를 긁적이며 말했다.

"내가 가긴 어딜 가. 일하러 가지."

소미는 흥! 하며 콧소리를 내더니 말했다.

"거짓말하지 마. 오늘 단오절이라 반점 장사 안 하는 거 모를 줄 알아? 한 달도 전에 단오절에 나랑 용선경기 보러 가기로 해놓고 이러기야?"

제법 당돌하게 조목조목 따지는 소미를 보며 호칠은 그냥 이대로 도망쳐 버릴까 고민하고 있었다. 하지만 소미는 어찌 알았는지 호칠의 옷자락을 움켜잡으며 말했다.

"방금 도망칠 생각했지? 도대체 밖에 혼자 다니지 말라고 해놓고, 같이 다녀주지 않으면 어쩌자는 거야? 남자라면 자기가 한 말에 책임을 져야지."

일 년 전에 혼자 다니지 말라고 한마디 했다가 코 꿴 것이었다. 호칠은 어쩔 수 없다고 생각하곤 몸을 돌리며 말했다.

"그래. 가자, 가. 대신 용선경기만 보고 돌아오는 거다."

"응. 용선경기 끝나면 단오절에 볼 게 뭐 있다고."

혀를 낼름 빼물며 대답하는 소미의 얼굴에는 장난기가 가득했다.

낙양성 사람들은 모두 구경을 나왔는지 강변은 사람들로 가득 차 있었다.

강 위에서는 용선경기가 한창 진행 중이었다. 붉게 치장한 용선과 노란색으로 치장한 용선이 선두를 치열하게 다투고 있었다.

종자(찹쌀을 빚어 대나무 잎에 싸 먹는 단오절 음식)를 파는 사람을 발견한 호칠은 두 개를 산 후 하나는 소미에게 주고 하나는 자신이 들고 먹었다.

종자를 받아 든 소미는 호칠의 옷자락을 잡아당기며 말했다.

"나 경기하는 거 안 보여."

사람들이 워낙 많으니 소미는 앞이 가려 사람들밖에 보이지 않았다.

"하긴, 그럼 이렇게 하면 보이겠지?"

호칠은 소미를 들어 올려 목말을 태우며 말했다. 호칠의 어깨 위에 올라탄 소미에게 강 위에서 열심히 노를 젓고 있는 배들이 보였다. 소미는 호칠의 머리카락을 잡아당기며 말했다.

"이제야 보이네. 이런 건 내가 말하기 전에 미리미리 신경 써줘야지."

"아야, 그만 하지 않으면 던져 버린다."

호칠은 그렇게 말하면서 내던지겠다는 듯이 몸을 흔들었다. 덩달아 몸이 흔들리며 불안해진 소미는 더욱 세게 호칠의 머리카락을 쥐었다. 결국 호칠은 몸을 바로 했고, 소미는 그제야 머리카락을 움켜쥔 손의 힘을 풀었다.

"얌전히만 있으면 괴롭히지 않겠어."

"네네. 알아 모십죠."

선심 쓰듯 말하는 소미에게 호칠은 퉁명스럽게 대답했다. 소미는 빙긋 웃으며 물었다.

"그런데 망향로(望鄕路) 용두선은 어느 거야?"

소미가 종자를 우물거리며 물었다. 호칠은 어느새 종자를 다 먹고 옷에 손을 닦으며 말했다.

"붉은 배가 망향로에서 출전한 배야. 저기 깃발에 망향로 라고 적혀 있잖아."

소미는 눈을 힘을 주고 보았지만 깃발이 걸린 것만 보일 뿐 글자는 확인할 수 없었다.

"안 보이는데?"

호칠은 아차 싶었다. 깃발의 글씨는 내공을 수련함으로써 보통사람보다 뛰어난 오감을 지닌 호칠이기에 볼 수 있었던 것. 호칠은 붉은 배를 손가락으로 가리키며 다시 말했다.

"그럼 저기 북 치는 사람은 보이지? 머리를 박박 깎은 사 람."

"아! 킥킥, 반 숙부구나?"

소미는 웃으며 말했다. 소미의 말대로 태양빛에 머리가 빛 나는 사람은 백마반점에서 숙수로 일하고 있는 반각이었다. 주방에서는 호랑이가 따로 없지만 주방에서 나오기만 하면 사람 좋기로는 왕필과 비견될 정도로 호인인 사람으로 소미 가 숙부라 부르며 따르는 사람이기도 했다.

호칠도 웃으며 말했다.

"반 숙수는 알아보기 쉬워서 좋지?"

"응."

망향로의 배가 강의 건너편에 먼저 이르러 망향로의 우승 으로 용선경기가 끝나자 사람들은 하나둘 흩어져 강변은 한

산해졌다.

소미와 함께 왕가장으로 돌아온 호칠은 소미를 들여보내고 그대로 몸을 돌려 밖으로 가려 했다. 하지만 소미는 순순히 호칠을 보내주지 않았다. 호칠의 옷자락을 움켜쥔 소미가 물었다.

"어디 가는 거야?"

환락원에 도박하러 간다고 솔직하게 말할 수 없었던 호칠이 대충 친구들 만나러 간다고 둘러대자 소미는 갑자기 눈을 치켜뜨며 말했다.

"친구들 만나서 기루에 가는 거지!"

아직 어린 소미가 할 만한 말이 아니었기에 당황한 호칠은 아무 말도 못하고 멍하니 있었다.

"이거 봐! 아무 말도 못하잖아!"

"아니야! 아… 아니, 그것보다 너 그런 말 누구한테 배웠어?"

호칠이 부인하자 소미는 치켜뜬 눈을 풀며 말했다.

"안 가면 안 가는 거지, 왜 소리를 지른담. 뭐, 아니면 됐어. 나가봐."

호칠은 어처구니가 없었다.

"야, 너 그런 말 어디서 배웠냐니까?"

"배우긴 어디서 배워. 소앵이 아주머니가 노 아저씨 구박

할 때마다 하는 말인데."

보아하니 노구식의 처가 노름하고 돌아오는 노구식을 추궁할 때마다 하는 말을 주워들은 모양이었다. 기루란 곳이 어떤 곳인지도 모르고 그냥 해본 말일 터. 호칠은 머리가 아파오는 것을 느끼며 문밖으로 나섰다.

연우심은 오늘 자신이 평생 쓸 운을 다 쓰고 있거나, 아니면 재물신이 달라붙은 거라고 생각했다.

대(大)에 걸면 대, 소(小)에 걸면 소, 거는 족족 주사위의 눈은 자신이 건 대로 모습을 드러냈다.

이번에도 어김없었다. 일(一) 사(四). 소였다.

연우심은 자신 앞으로 돈을 끌어오며 생각했다.

'가만있자, 이게 얼마냐. 스무 냥으로 시작했으니까… 얼추 계산해 봐도 이백 냥은 땄구나.'

연우심은 웃음이 나오려는 것을 참았다. 여기서 웃는 모습을 보이면 초짜가 운이 좋다는 소리나 들을 것이었다. 하지만 입꼬리가 슬그머니 올라가는 것은 막을 수 없었다.

곰방대를 꺼내어 담뱃잎을 채워 불을 붙인 연우심은 곰방대를 깊이 빨았다. 환락원에 고용된 박도(博徒)가 주사위가 담긴 통을 흔들자 사람들은 연우심의 눈치를 살폈다. 연우심은 괜시리 기분이 좋아졌다.

‘그래, 오늘은 나만 따라 걸어라.’

연우심은 느긋하게 연기를 내뿜고 말했다.

“작은 쪽에 오십 은전.”

한번에 걸기엔 큰 금액. 연우심의 자신감을 느꼈음인가? 방에 모여 있던 사람들도 앞다퉈 연우심을 따라 소(小)에 돈을 걸기 시작했다.

박도가 통을 천천히 들어 올리고 주사위가 모습을 드러냈다.

일(一). 일(一).

연우심은 당연하다는 듯 바닥에 놓인 돈을 끌어왔다. 이건 운이 좋아도 너무 좋았다. 다음은 어디에 걸까 고민하는 중 새파랗게 어린 녀석 하나가 옆으로 다가와 말을 걸었다.

“영감님, 완전 꾼이네요? 비결이 뭐예요?”

말투는 경망스럽지만 태양혈이 불룩하고 눈빛이 깊은 것을 보면 어린 녀석이 지닐 만한 내공이 아니었다.

‘어디서 이런 놈을 길러낸 거지? 중이 아닌 걸 보면 소림사도 아니고……’

도대체 어디서 나타난 놈인지 짐작할 수도 없었다. 무슨 목적으로 자신에게 접근했는지도 판단할 수 없었다. 연우심은 일단 능청스럽게 말을 받았다.

“네 녀석이라면 비결을 가르쳐 주겠느냐? 진짜 도박꾼은 자식에게도 그런 건 가르쳐 주지 않는 법이야.”

청년은 소미를 떼어놓고 환락원에 온 호칠이었다. 와서 보니 처음 보는 노인이 돈을 쓸어 담고 있었다. 다른 지역에서 온 도박꾼인가 싶었지만, 몇 판 돌아가는 것을 가만히 지켜보니 그냥 운이 좋은 늙은이였다. 등이나 좀 쳐먹을 요량으로 말을 붙였는데 말하는 것을 보니 숫제 평생을 노름판에서 굴러먹은 노름꾼처럼 거드름을 피우는 게 아닌가? 호칠은 웃음이 나오려는 것을 참으며 다시 말했다.

“그런데 왜 이런 초짜들이나 하는 놀이를 하세요? 자고로 진짜 꾼이라면 골패나 투전 같은… 아! 몸 풀려고 그러시는 거구나!”

연우심은 호칠의 말을 듣고 생각했다.

‘자리를 옮겨서 얘기하자는 말이로군. 오냐, 네가 원하는 대로 해주마.’

연우심은 호칠의 장단에 맞춰주기로 마음을 먹었다.

“안 그래도 재미없어서 골패나 할까 하던 참이다. 네놈도 같이 갈 테냐?”

연우심이 돈을 챙겨 일어나는 모습을 보며 호칠은 속으로 쾌재를 불렀다.

골패를 하는 방으로 자리를 옮긴 호칠과 연우심은 두 자리가 비어 있는 곳으로 자리를 잡았다. 먼저 노름을 하고 있던 두 사람도 호칠과 연우심을 반겼다.

"역시 골패는 네 명이 해야 제 맛이죠."

너스레를 떨며 호칠이 자리를 잡자, 연우심은 먼저 자리에 있던 두 인물의 면면을 살피며 조심스레 앉았다. 좌우의 두 사람은 아무것도 느껴지지 않았다. 반박귀진의 고수인가도 싶었지만 역시 아니었다. 고수라면 단순히 물건을 집고 고개를 돌리는 것에도 무공을 익힌 티가 나기 마련이었다. 하지만 좌우의 두 사람에게선 그런 것이 보이지 않았다. 연우심은 좌우의 두 사람에게 신경을 끄고 호칠에게 주의를 기울였다.

판이 몇 번 돌고, 선(先)을 잡은 호칠은 조패(造牌)를 하기 시작했다. 한때 하오문도의 희망이었던 호칠은 노름 기술도 몇 가지 배워뒀던 것. 그중에서 가장 자신있는 것이 조패(자신이 원하는 대로 패를 골라 오는 것)였다. 걸린다 하더라도 증거가 남지 않는 이상적인 속임수. 골패를 택한 순간 연우심의 패배는 결정된 것과 다름없었다. 호칠은 연우심에게 패를 던져 주며 말했다.

"천지분(天地分)이나 받으시죠."

천지분이란 골패에서 장요(1, 1)와 주륙(6, 6)으로 이루어진 패로 장요를 따로이 지패(地牌), 주륙을 천패(天牌)라고 부르는 데서 기인한 이름이었다. 호칠은 좋은 패를 주겠다는 뜻에서 한 말이었지만 연우심은 그만 삼재검의 초식인 천지분광(天地分光)을 말하는 것으로 알아들었다. 논검을 하자는 뜻으로 받아들인 연우심은 같은 삼재검으로 상대할 마음으로 받아쳤다.

"어디 천지분광 따위로……. 사홍만개(四紅滿開)로 곡지혈을 노리겠다."

사홍만개 역시 삼재검의 초식이었지만 삼재검을 알 리 없는 호칠은 사홍침(四紅沈)의 패를 달라는 뜻으로 받아들였다. 사홍침이란 이름은 골패에서 사와 일을 붉은색으로 칠하는 것에서 기인한 이름으로 직홍(4.4)패 두 개로 만들어지는 패였다. 따로 인패이선(人牌二扇)이라고도 불리는 이 패는 십육점짜리로 천지분보다 높은 패였다.

천지분보다 더 좋은 패로 달라는 말로 알아들은 호칠은 연우심에게 말했다.

"원 영감도 욕심은. 다른 두 분도 패 확인했으면 진행합시다. 나는 쌍준오에 어사로 봉황(鳳凰) 지었소."

좌우의 두 사람은 패를 짓지 못해 황이 됐고, 연우심은 점수에서 밀려 호칠이 계속 선을 잡게 되었다.

연우심은 호칠이 자신의 사홍만개를 봉황삼점두로 받아내는 것을 보고 깜짝 놀랐다. 봉황삼점두라면 자신의 검공은 교묘하게 걸어지고, 자신은 꼼짝없이 인후혈과 중문혈을 내어주어야 했다. 다른 무공을 쓰면 충분히 막아내고 반격도 할 수 있을 것이었지만 삼재검을 제외한 다른 무공을 쓰면 패배를 시인하는 것과 다름없었다.

"운이 좋아서 이번엔 제가 이겼군요. 자자, 패 받으시고. 바닥패 확인해 주시고."

호칠은 콧노래를 부르며 패를 돌리고 판을 진행했다. 연우심은 그런 호칠의 모습이 가증스러웠다. 처음에 천지분광을 펼친 것부터가 자신의 사홍만개를 유도하기 위한 방편이 분명했다.

"영감님은 패 확인 안 하시오? 설마 그만 하시려는 겁니까?"

호칠은 행여 연우심이 그만두고 나가 버릴까 저어하며 물었다. 하지만 연우심에게는 패배를 시인하겠느냐는 말로 들렸다.

"흥! 내가 좀 손해를 보긴 하지만 백사토신(白蛇吐信)으로 받겠다."

중문혈을 내주고 호칠의 거궐혈을 노리는 이른바 이대도강(李代桃畺)의 한 수였다. 중문혈을 내어주는 것만으로도 연우심은 자존심에 크게 상처를 받는 것이었지만 새파랗게 어린 녀석에게 지는 것보다는 나았다.

하지만 골패에 백사토신과 비슷한 패는 없었기에 호칠은 의아해하며 반문했다.

"영감, 뭘 알고나 하는 소리요? 백사토신이 뭐요? 어쨌든 난 또 지었소. 천불동화(天不同化)요."

'졌으면 진 걸 인정하라는 건가? 고얀 놈!'

호칠이 생각없이 던지는 한마디 한마디에 신경을 곤두세우느라 야금야금 돈을 잃고 있다는 것도 눈치 채지 못할 만큼 연우심의 오해는 깊어만 갔다.

호칠은 희희낙락했다. 이 노인은 생각대로 호구였다. 이상한 소리를 지껄여 대는 것을 보면 정신이 좀 이상한 것도 같았다.

환락원에서는 호칠이 패를 가지고 장난하는 것을 더 이상 두고 볼 수 없었는지 호칠이 있는 방에 고용한 무사들을 들여보냈다. 분위기가 심상치 않음을 눈치 챈 호칠은 그만 하고 일어나야겠다고 생각하곤 연우심에게 말했다.

"이제 끝내야겠네요. 먼저 일어나겠습니다."

'어디서 이런 무인 같지도 않은 놈들을 가지고 나를 상대하려고! 나를 우습게봐도 너무 우습게보는구나.'

환락원에서 들여보낸 무인들을 호칠이 불렀다고 생각한 연우심은 호칠이 먼저 일어나겠다는 말을 이 무인들을 상대하고 오면 자신이 상대해 주겠다는 말로 생각했다.

호칠이 문밖으로 나서기가 무섭게 연우심은 몸을 움직여 환락원 무사들을 제압했다. 삼류도 되지 못하는 무사들이 연우심의 손속을 견뎌낼 리 없었다. 영문도 모르고 제압당한 무사들을 뒤로하고 호칠을 뒤쫓은 연우심은 환락원 밖에서 호칠을 발견할 수 있었다.

은밀하게 거리를 두고 호칠을 뒤따르던 연우심은 호칠이 주변을 두리번거리다 골목 안으로 쑥 들어가는 것을 보았다. 따라오라는 뜻으로 받아들인 연우심은 호칠이 들어간 골목을 향해 신속하게 몸을 날렸다.

호칠은 생각지도 않게 돈을 많이 땄으니 소미에게 맛있는 거라도 사다 줘야겠다고 생각하며 당과를 파는 상점을 찾아 주위를 두리번거렸다. 골목 안에 상점이 있는 것을 발견한 호칠은 골목 안으로 들어갔다. 값을 묻고 전낭에서 돈을 꺼내어 셈을 하려는 찰나 옆에서 자신에게 돈을 잃은 노인이 골목 안으로 들어오는 것이 보였다. 찔리는 구석이 있는 호칠이 머뭇거리는 틈을 타 연우심은 호칠의 팔을 붙잡았다. 연우심에게 팔이 잡히는 순간 힘이 쭉 빠지는 것을 느낀 호칠은 속으로 중얼거렸다.

'젠장, 무림인이잖아. 잘못 걸렸군.'

연우심의 목소리가 들렸다.

"이놈! 이제 순순히 밝히거라."

연우심으로서는 자신에게 접근해 이곳으로 불러낸 속셈을 밝히라는 것이었지만 연우심을 불러낸 적 없는 호칠에게는 그저 속임수를 쓴 것을 솔직히 말하라는 뜻으로밖에 들리지 않았다. 끝까지 우겨볼까 하는 생각도 있었지만 그랬다간 더 큰 곤욕을 치를 것 같았다. 연우심은 호칠의 결정을 도와주려는 듯 완맥을 좀 더 강하게 움켜잡으며 고통을 가했다.

"아악, 영감님 생각이 맞아요. 썼습니다. 썼다구요."

연우심은 고개를 갸웃하며 반문했다.

"써? 뭘 썼다는 거냐. 독이냐?"

운기를 해 중독되지 않았다는 것을 확인한 연우심은 다시 물었다.

"독은 아니고, 도대체 뭘 썼다는 거냐?"

"속임수요. 속임수 썼다구요. 조패도 하고 중간에 패도 바꿔쳤어요."

연우심은 순간 무슨 소리를 하는지 알아듣지 못했지만 자신이 오해를 했을지도 모른다고 생각하자 모든 것이 명확해졌다. 논검이라 생각했던 것도 자기 혼자만의 오해라 생각하니 절로 얼굴이 붉어졌다. 아니, 여전히 한 가지는 의문이었다. 어디서 이런 녀석을 키웠는가 하는 것이었다. 논검은 거짓이었을지 몰라도 이 녀석이 지닌 내공은 진짜였다. 도저히 이 녀석의 연배에 가질 수 있는 내공이 아니었다.

"무공은 누구에게 배웠느냐?"

솔직히 속임수를 썼다고 말하고 돈도 돌려주겠다 말했다.

하지만 연우심이 들은 척도 하지 않고 계속해서 완맥을 틀어
쥔 손을 놓지 않자 호칠은 오기가 생겼다.

"내공을 말하는 거라면 신선한테 배웠수다."

아주 틀린 말은 아니었다. 굳이 신선에게 배웠다고 말한 건
오기가 나서 그런 것이었지만, 호칠은 진짜로 지금쯤이면 천
화 진인이 등선했을 거라 믿고 있었으니까.

연우심은 완맥을 다시 세게 움켜잡으며 말했다.

"신선? 혹시 곤륜일선(崑崙一仙)을 말하는 거냐? 솔직히 말
하는 게 좋을 게다."

"아악! 고, 곤륜일선은 무슨 얼어죽을 곤륜일선. 내가 아는
신선은 천화 진인이라는 분이오."

연우심은 그제야 손을 놓아주었다.

곤륜일선 천화 진인.

곤륜파에는 파벌로 인해 갈라져 나와 무림을 노리는 세력
이 있었다. 한때는 정말 무림을 전복하는 것이 아닐까 하는
생각이 들 정도로 강한 세력이었지만 곤륜파의 일은 곤륜파
가 정리하겠다며 나선 한 명으로 인해 그 꿈은 좌절되었다.

그 한 인물이 바로 곤륜일선이라 불리는 천화 진인이었다.
천화 진인이 무림 전복을 노리던 세력의 우두머리와 일전을
치른 후 세력은 와해되었고 천화 진인 또한 모습을 감췄다.

평생의 호적수이자 지기였던 천지마도(天地魔刀)가 자신과

의 비무 후 내상을 다스리지 못해 세상을 떠나고 만나보지는
못했지만 무(武)에 대해 논해볼 만한 몇 남지 않은 상대라 생
각했던 천화 진인마저 생사가 불분명해지자, 연우심은 자신
의 시대가 끝나간다는 생각에 더 이상 무림의 일에 관여하지
않기로 하고 세상을 떠돌면서 여생을 보내던 참이었다.

호칠은 연우심이 갑자기 자신의 손을 놓아준 것을 의아해
하면서도 손목을 주무르며 말했다.

"아직 한 푼도 안 썼으니까 너무 그러지 마쇼."

연우심은 기가 찼다. 곤륜일선에게 무공을 배웠다는 녀석
이 간단한 금나수조차 뿌리치지 못하는 데다 기껏 놔줬더니
한다는 말이 저런 소리라니.

"천화 진인에게 무공을 배웠다는 녀석이 왜 이런 간단한
금나수조차 풀어내지 못하는 게냐?"

골이 난 호칠은 알게 뭐냐고 대답하고 싶었지만 상대가 무
인이라는 것을 알았기에 솔직히 대답했다.

"그야, 숨 쉬는 것만 배웠으니까 그렇죠."

호칠이 일초반식도 모르고 있다는 것을 알게 된 연우심은
이제 기가 차다 못해 웃음이 나왔다. 이건 백정이 보도(寶刀)
를 들고 있는 격이 아닌가? 아니, 그것보다 못했다. 백정은 소
라도 잡을 테니.

호칠은 연우심이 천화 진인의 이름을 듣고 손을 놓아준 것

을 기억하고 물었다.

"그런데 노인장은 천화 진인과 아는 사이요?"

"그냥 이름만 알고 있다. 그나저나 내공은 있는데 쓰질 못하다니… 이래서야 반쪽짜리 무인이지 않은가."

차라리 내공이 없는 편이 나았다. 적어도 무림인에게 오해를 사지는 않을 테니. 이래서야 천화 진인이 호칠을 위험한 상태로 내버려 뒀다고밖에 생각되지 않았다.

"혹시 천화 진인이 따로 한 말이 없느냐? 나로서는 천화 진인의 뜻을 짐작할 수 없구나."

"시간이 없어서 심법밖에 배우지 못했소. 인연이 닿으면 배우라고 하셨는데 인연이란 것이 그리 쉽게 오는 것은 아닌가 보오."

연우심은 한숨이 절로 나왔다. 동시에 강호를 등지며 사라졌던 호승심이 일었다. 천화 진인이 이 녀석의 내공을 유례를 찾아볼 수 없이 강하게 키워냈다면, 자신은 외공을 가르쳐 모습을 감춘 천화 진인과 간접적으로 자웅을 겨루어보는 것도 나쁘지는 않다고 생각했다.

"인연인지 아닌지는 모르겠지만 적어도 너를 이대로 내버려 둘 수는 없겠다. 생각이 있다면 내일 술시에 동문 밖으로 나오거라."

다음날 호칠은 연우심을 만나기 위해 슬그머니 왕가장을 빠져나왔다. 내공이 넘치는데 쓰지 못하는 것은 호칠로서도 불만이었다. 하다못해 낙양성에서 무인을 꿈꾸는 자들이라면 한번씩은 문을 두드리는 이름만 거창한 파천도장에 가서 목인형(木人形)이라도 두들겨 볼까 했지만 자존심이 허락하지 않았다. 잘은 몰라도 자신이 배운 심법이 강호에 굴러다니는 그렇고 그런 심법과는 차원이 다르다는 것 정도는 알았다. 그런 내공을 익힌 자신이 파락호들이나 배울 법한 삼류무공을 배울 수는 없다는 생각으로 지금까지 참아왔다. 그런 차에 제법 그럴듯해 보이는 노인이 무공을 가르쳐 준다 하니 덥석 무는 것은 당연한 일이었다.

동문 밖에 도착해 보니 연우심은 이미 와서 기다리고 있었다.

"왔느냐."

"예. 구배지례라도 올릴까요?"

천화 진인이 떠난 후 무림에 대한 동경으로 여기저기 기웃거리며 제법 귀동냥을 한 호칠이 사제의 연을 맺는 구배지례를 운운하자 연우심은 피식하고 웃으며 말했다.

"됐다. 구배지례는 무슨. 네 녀석을 제자로 들일 생각은 없다. 우선 기본을 봐야 하니 마보를 해보거라."

어떤 무기를 들고 어떤 무공을 사용하더라도 가장 중요한 것은 하체였다. 하체만 튼실하다면 어떠한 상황에서도 중심이 흐트러지지 않고 초식에 힘을 실어낼 수 있기 때문이다.

호칠은 엉거주춤 마보를 취했다. 내공이 있으니 이 정도는 얼마든지 할 수 있었다. 조금은 근사한 무공을 배우길 기대하고 온 호칠은 내심 실망을 금치 못했다.

"내공을 사용하는 것은 금하겠다. 지금부터는 육신을 단련한다."

호칠은 이해할 수가 없었다. 내공을 사용하면 쉽게 할 수 있는 것을 어째서 굳이 근골의 힘으로 해야 하는가?

연우심은 호칠의 의문을 해결해 주려는 듯 설명을 덧붙였다.

"굳이 육체를 단련하는 것은 내외의 조화를 꾀하기 위해서다. 너의 경우 외공은 전혀 없이, 내공만 충실한 상태이니 더욱 그러하다. 외공이 받쳐 줘야 내공의 진정한 힘을 끌어낼 수 있는 법. 너의 경우 내공이 깊어짐에 따라 몸이 무공을 배우기에 적합하게 변했기에 쉽게 익숙해질 것이니 힘들진 않을 게다."

쉽게 익숙해져 힘들지 않을 거라는 연우심의 말은 반만 맞았다. 각종 뜀박질과 마보 등은 정말 쉽게 익숙해지고 힘이 붙어갔지만 편해질 만하면 그에 맞춰 훈련의 강도가 높아져 좀처럼 편한 날은 오지 않았다.

낮에는 일을 해야 하니 훈련을 못하고 밤에만 하는 것도 고역이었다. 잠을 잘 시간이 줄어드니 몸은 쉽게 지쳤고, 결국 쉽게 회복하기 위해 운기를 하는 수밖에 없었다.

결국 육체의 힘이 강해지는 만큼 내공도 깊어갔다.

"오늘부터 도를 다루는 방법을 가르쳐 주겠다."

호칠은 연우심의 말에 가슴이 벅차왔다.

'이제야 지긋지긋한 기본공에서 탈출하는구나!'

지난 반년 동안 연우심은 지독하다고 할 수 있을 정도로 호칠을 몰아붙였다. 마치 어떻게 하면 호칠이 더 괴로울까를 고민하는 사람처럼 하루가 다르게 새로운 방법을 들고 와 호칠을 들볶았다.

입에서 단내가 나는 정도는 일도 아니었다. 도저히 못 참고 내공을 끌어올리면 귀신같이 눈치 채고 매타작이었다. 태청심공이 지친 몸을 회복시켜 주지 않았다면 한 달도 채 버티지 못하고 포기했을 것이었다.

오죽하면 하루는 호칠이 참지 못하고 따졌다.

"몸이 건강해지기 위해 익히는 무공인데 어찌 몸이 상할 정도로 하는 겁니까?"

그러자 연우심은 잠시 낯을 굳히더니 대답했다.

"배우기 싫다면 지금이라도 그만둬라. 건강도인술을 배우고 싶다면 네가 배운 태청심법만으로도 이미 과하다. 하지만 강호를 꿈꾼다면 죽지 않기 위해 무공을 배워라.”

그 일이 있은 후부터 호칠은 아무런 불만도 토로하지 않고 묵묵히 시키는 대로 따랐다.

외공이 받쳐 줘야 내공의 힘을 끌어낼 수 있다는 연우심의 말은 맞았다. 기본공을 연마한 지 어느덧 반년, 호칠은 그 당시 자신이 지닌 내공의 일 할도 제대로 사용하지 못했다는 것을 알게 됐다.

연우심은 대장간에서 팔 법한 수수한 도 한 자루를 호칠에게 건넸다.

“내가 아는 도법은 전부 편수도법(偏手刀法)이다. 편한 손으로 잡아보거라.”

호칠은 오른손으로 칼자루를 잡았다. 남은 한 자루의 도를 잡은 연우심은 도를 좌에서 우로, 우에서 좌로 한번씩 휘두르곤 이번에는 위에서 아래로 휘두르고 바로 아래에서 위로 올려쳤다.

“보았느냐?”

뭘 보았냐는 건지 모르겠다. 분명히 도를 휘두르는 것은 보았다. 군더더기없는 멋진 동작이긴 했지만 자신이 바라던 개세의 도법은 아니었다.

“보긴 보았습니다만……”

"하루에 몇 번 휘두르라는 말을 하진 않겠다. 도를 쥔 것이 느껴지지 않게 되면 말하거라."

호칠은 무슨 말인지 이해할 수 없었으나 그럴 때일수록 몸으로 익히는 게 빠르다는 것을 알았기에 도를 들어 좌에서 우로 벴다.

연우심의 목소리가 들렸다.

"수평으로 벨 때 도인(刀刃) 또한 완전한 수평으로, 그리고 휘두르는 도중 흔들림이 없이 온전한 직선을 그려라."

우에서 좌로 벴다.

다시 연우심의 목소리가 들렸다.

"전력으로 베고 한번에 멈춘다."

호칠은 또다시 묵묵히 도를 휘둘렀다.

연우심은 세세하게 호칠을 가르치지 않았다. 아니, 가르칠 수 없다는 말이 더 맞으리라. 도를 쥐는 법만 하더라도 사람마다 각기 체형이 다르고 손가락 길이가 다르니 어떻게 쥐는 것이 가장 좋은지 알려줄 수 없는 것이었다. 그래서 호칠이 도를 쥐는 법에 대해 물어봤을 때도 역시 별다른 말을 해줄 수 없었다. 그저 편하게 쥐라는 말을 해줬을 뿐이었다.

호칠 또한 세세하게 묻지 않았다. 가르쳐 줄 수 있는 부분이라면 모르지만 가르쳐 줄 수 없는 부분이라면 스스로 배우는 것이 나았으니까.

그래서 호칠은 도를 한번 휘두르고 쥐는 법을 바꾸고, 또 한 번 휘두르고 고쳐 쥐기를 반복했다.

그렇게 일 년이 지났다.

그동안 수직 베기와 수평 베기의 이름이 횡소천군과 직지단천이라는 것을 알았고, 팔방풍우라는 여덟 방위를 베는 법도 배웠다.

그것이 전부였다.

호칠은 그 세 가지만을 일 년 동안 익혔고, 드디어 도를 쥔 느낌이 사라졌다.

연우심을 찾은 호칠이 말했다.

"도를 쥔 것을 느끼지 못하게 되었습니다."

연우심이 대답했다.

"도를 쥔 느낌이 나게 되면 다시 말하거라."

호칠은 아무것도 묻지 않고 다시 도를 휘두르기 시작했다.

그 모습을 뒤에서 바라보는 연우심은 놀란 마음을 숨기지 못했다. 담담하게 대답하기는 했으나, 일 년 만에 도를 잊는 경지에 오르는 것은 이미 범인의 재능이 아니었다.

호칠의 재능은 연우심이 생각했던 것보다 훨씬 뛰어났다. 이 정도의 자질이라면 외공을 늦게 배운 것을 만회하고 자신의 수라파천도(修羅破天刀)를 충분히 전수받을 수 있을 것이라 생각했다.

태청심공이 가히 천하제일을 논할 수 있을 만한 심법이라면 연우심의 수라파천도는 이미 천하제일의 도법이었다. 염라도제(閻羅刀帝) 연우심이라는 이름은 천화 진인에 비해 결코 가볍지 않았다.

호칠은 자신이 천하제일을 논할 수 있는 두 명의 인물의 무공을 한 몸에 지니게 된다는 것도 모른 채 열심히 도를 휘두를 뿐이었다.

밤은 길었고, 호칠의 도를 휘두르는 소리는 그치지 않았다.

호칠이 가져온 꾸러미에서는 고소한 냄새가 났다.

"그게 뭐냐?"

"주인 아저씨가 사부님 갖다 드리라면서 싸주셨어요."

언젠가부터 연우심을 사부라 부르게 된 호칠은 꾸러미를 풀며 대답했다. 꾸러미를 풀자 나타난 것은 김이 모락모락 나는 고기만두와 오리 고기, 그리고 술병이었다.

연우심은 저도 모르게 침이 꼴깍 넘어갔다. 밀지를 뜯어내니 장향(醬香)이 풍겼다.

"이건 모태주로구나!"

연우심은 바로 술잔에 한잔을 따른 후 살짝 입을 대었다.

"적어도 이십 년 이상은 묵은 것 같은데… 이 귀한 것을 무슨 일로 보내신 건지 모르겠구나?"

"며칠 전에 밤마다 빠져나오는 걸 소미라고, 주인 아저씨 딸한테 걸렸거든요. 고년이 주인 아저씨께 냅다 일러바치는 바람에 자초지종을 설명드렸더니 인사 대신이라며 챙겨주셨어요."

호칠의 설명을 들은 연우심은 고개를 끄덕였다.

"내일 아침에 왕 대협을 뵙거든 내가 찾아뵙겠다고 좀 전해다오."

그렇게 말한 연우심은 오리 고기를 반주로 모태주를 비우기 시작했다.

호칠이 오리 고기를 뜯는 연우심을 가만히 지켜보니 그렇게 맛있어 보일 수가 없었다. 호칠이 수련에 집중하지 못하고 곁눈질로 흘끔흘끔 훔쳐보고 있는 것을 눈치 챈 연우심은 호칠을 자리로 불렀다.

"네 녀석도 한잔할 테냐?"

같이 마시자는 말만 기다리던 호칠이 좋다고 고개를 끄덕이자 연우심은 잔을 건넸다. 잔에 투명한 모태주가 따라지고 호칠은 잔을 비웠다.

"제가 한잔 따라 드릴게요."

"오냐. 한 잔 가득 따라보거라."

호칠을 처음 만난 후, 천화 진인에 대한 호승심으로만 호칠을 가르쳤다면 지금은 달랐다. 연우심은 호칠을 자신의 제자로 생각하고 있었다. 호(呼) 사부를 허락한 것도 그런 마음이 들었기 때문이었다.

술잔을 내미는 연우심의 입가에는 처음 호칠을 가르칠 때는 볼 수 없었던 미소가 걸려 있었다.

백마반점의 일과를 마치고 장원으로 돌아가던 호칠은 소미의 목소리를 듣고 걸음을 멈췄다. 주변을 둘러보니 소미가 시장 한가운데서 붉은 옷을 입은 남자들에게 둘러싸여 있는 것이 보였다.

"당신이 누군지도 모르고 알 생각도 없어요!"

소미의 말에 가운데 서 있는 몸집이 비대한 청년이 말을 받았다.

"소저가 나를 알 생각은 없을지 모르지만, 나는 소저에 대해서 알고 싶거든. 어디서 이런 아리따운 아가씨가 나타나셨나?"

청년의 말에 붉은 옷을 입은 남자들은 킬킬대며 웃었다.

"무례하군요. 저는 이만 가겠어요."

청년은 말을 마치고 몸을 돌리는 소미의 손목을 잡아채며 말했다.

"우리 아버지가 적룡방주라고. 이렇게 뻣뻣하게 굴면 재미

없을 텐데?"

전통적으로 정파무림의 태두인 소림사의 영향으로 낙양에서는 흑도방파가 힘을 쓰기 어려웠다.

그런 흑도방파의 불모지라 할 수 있는 낙양에서 거의 유일하다시피 행세를 하고 있는 흑도방파가 바로 적룡방(赤龍幇)이었다. 적룡방주가 잘나서 행세를 하는가 하면 그것도 아니다.

낙양 총관과 먼 친척인 관계를 이용해 세를 불린 것으로 정작 적룡방주의 그릇은 뒷골목 파락호 두목 이상이 아니었다.

소미가 손을 뿌리치려 했지만 하지 못하고, 실랑이를 벌이고 있는 차에 호칠이 다가가 말했다.

"그 족발 빨리 치우지 못하겠냐? 어디 우리 아가씨한테 더러운 손을 대고 그래?"

청년과 일행은 갑자기 나타나 폭언을 쏟아 붓는 호칠을 바라보았다. 소미는 청년이 호칠에게 정신이 팔린 틈을 타 손을 뿌리치고 호칠의 등 뒤로 숨었다.

"넌 먼저 집으로 돌아가라."

"그럼 오빠는 어쩌려고?"

"내 걱정은 말고, 빨리 돌아가는 게 도와주는 거야."

소미에게 수작을 부리던 비대한 몸집의 청년은 다짜고짜 앞으로 나서며 호칠에게 주먹을 내질렀다. 비대한 몸집과는 다르게 주먹은 제법 매서워 휙 하는 바람 가르는 소리가 났다.

뒷골목 파락호들 사이에서는 제법 인정받을 만한 실력이었지만, 호칠이 보기에는 한심한 수준이었다.

'느리다, 느려. 이런 것들도 자칭 무림인이라고 뻐기고 다니는데 나는 남자로 태어나서 꿈 한번 펼쳐 보지 못하고 뭐 하고 있는 건지 모르겠다. 그저 일신의 무(武)가 아까울 따름이다.'

호칠은 오른발을 축으로 빙글 돌아 청년의 주먹을 피해내며 소미에게 말했다.

"빨리 가라니까 뭐 하고 있어?"

소미는 머뭇거렸지만 호칠이 재촉하자 마지못해 몸을 돌려 장원으로 향했다.

한편 호칠을 공격하던 청년, 장위충은 미칠 지경이었다. 차라리 아예 안 맞을 것 같으면 그만두겠는데 맞을 듯 맞을 듯 종이 한 장 차이로 자신의 공격을 피해내니 멈출 수도 없고 힘만 빠졌다. 하지만 장위충이 모르는 것이 있었으니, 종이 한 장 차이로 공격을 피해낸다는 것 자체가 상당한 실력 차이가 나지 않는 이상 할 수 없는 움직임이라는 것이었다.

장위충은 결국 가쁜 숨을 몰아쉬며 자신의 수하들에게 호칠을 공격하라는 명령을 내렸다.

한편 소미가 충분히 멀어진 것을 확인한 호칠은 적룡방도들이 자신에게 달려드는 것을 보고 곧바로 몸을 돌려 달아나기 시작했다. 복잡한 시장통을 미꾸라지 움직이듯 몸을 움직여 빠져나가는 호칠의 모습은 몸을 마음먹은 대로 다루는 경지에 올랐다는 것을 보여주고 있었지만, 적룡방도들은 그저 몸이 날래다고 여길 뿐이었다.

사람들 틈을 헤집고 순식간에 사라지는 모습을 그저 멍하니 바라본 장위충은 이를 갈며 부하들에게 물었다.

"혹시 저놈이 누군지 아는 녀석 있냐?"

적룡방도 중 백마반점을 이용하는 자가 있었던지 누군가 나서며 대답했다.

"백마반점에서 일하는 호칠이란 녀석인데, 하오문 시절부터 약삭빠르고 몸이 날랜 걸로 유명했습니다."

"백마반점? 백마반점이면 왕필이 소유한 가게 아니냐?"

자신보다 한참 나이가 많은 왕필을 함부로 부르는 장위충의 얼굴은 소태라도 씹은 듯 구겨져 있었다.

"맞습니다."

"젠장, 하필이면 그 계집이 왕필의 딸이란 말이냐?"

"호칠이 그 녀석이 우리 아가씨라는 말을 한 걸로 보면 틀림없을 겁니다."

고 이쁜 계집이 왕필의 딸이라니 안타깝기만 했다. 왕필만 아니었어도 대충 일 치르고 돈이나 던져 주면 될 것이었다. 설혹 사단이 난다 해도 자신의 아버지가 무마해 줄 것이었다. 하지만 왕필은 달랐다. 대충 무마할 수가 없었다. 무마할 수 없는 정도라면 상대 왕필이라도 아랑곳하지 않고 일단 사고를 칠 장위충이었지만 지금은 때가 안 좋았다. 자신의 형 장효기의 스승이 될 사람이 근자에 올 것이라고, 사고 치지 말라며 아버지가 신신당부를 했기 때문이었다.

어쩔 수 없다고 생각한 장위충은 입맛을 다시며 나중을 기약하기로 했다.

호칠이 장원으로 돌아와 보니 왕필과 연우심은 정자에 나와 앉아 바둑을 두고 있었다.

연우심이 왕가장에 들어와 지낸 것은 몇 년 전 모태주와 오리 고기를 대접받은 다음날부터였다.

연우심이 왕가장에 찾아온 날, 의기투합한 연우심과 왕필은 밤을 새가며 이야기를 나눴고, 왕필은 방을 하나 내어주며 왕가장에서 기거하기를 연우심에게 청했다. 제안을 기꺼이 받아들인 연우심은 그날부터 바로 왕가장에서 지내기 시작했다.

그 뒤로 연우심과 왕필은 매일같이 바둑을 두거나 담소를 나누며 시간을 보냈고, 지금에 이르러서는 스무 살 가까이 차이나는 나이조차 잊고 형님 동생 하는 사이가 되어 있었다.

호칠이 장원 안으로 들어오는 것을 본 소미는 달려나와 맞았다.

"어디 다친 데 없어?"

"웅. 그건 그렇고, 너 혼자서 밖에 나다니지 말라고 했지?"

호칠의 말에 소미는 벌컥 화를 내며 말했다.

"아니, 지금 도대체 내가 몇 살이라고 생각하는 거야?"

호칠은 순간 할 말을 잊었다. 소미의 나이 이제 십육 세. 숙녀라고 하면 충분히 숙녀라 할 수 있는 나이였다. 자신의 옷자락을 붙잡고 장난치기 바쁘던 꼬마가 어느덧 아가씨가 되었다는 생각을 했지만 장위충 같은 녀석을 생각하면 여전히 혼자 다니기는 위험했다.

"오늘 일은 어떻게 할 건데. 그때 내가 마침 지나가지 않았으면 큰 봉변을 당했을 거다. 너는 잘 모르겠지만 그 돼지 같은 녀석은 적룡방주 아들로 천하에 둘도 없는 망나니란 말이다. 그 녀석 손에 걸려 신세 망친 아가씨가 어디 한둘인 줄 알아?"

"그… 그렇게 걱정되면 니가 보호해 주면 되잖아! 맨날 무공 수련한답시고 나한테 언제 신경이나 써준 적 있어?"

말을 마친 소미는 얼굴이 빨개진 채 몸을 돌려 내원으로 달려가 버렸다. 호칠은 머리를 한 대 얻어맞은 것처럼 멍한 표

정으로 그저 사라져 가는 소미의 뒷모습만을 바라볼 뿐이었
다.

　호칠이 물었다.
　"탈명섬광(奪命閃光)을 펼칠 때 설령 투로가 좀 흐트러진다
하더라도 빠르게만 펼치면 되지 않습니까?"
　연우심이 고개를 끄덕이며 대답했다.
　"네 말이 맞다. 빠르지 않으면 섬광(閃光)이라 할 수 없지.
하지만 흐트러진 자세로 제대로 베지 못하면 어찌할 것이냐?
그렇다면 탈명(奪命)이라고도 할 수 없지 않느냐?"
　호칠이 다시 물었다.
　"풍후뇌전(風後雷電)은 종국에는 탈명섬광보다 빠른 도격
을 보임에도 어째서 처음에는 오히려 느린 것입니까?"
　"바람이 불어야 비가 오고, 벼락이 치는 법. 바람이 불기에
뇌전이 있는 법이다. 처음이 느리지 않고 빠르면 나중이 느려
지게 되지."
　"그렇다면 탈명섬광의 초식은 선(先)의 선(先)을 잡아야 승
리하고, 풍후뇌전은 후(後)의 선(先)을 잡아야 하는 것이군
요."
　연우심이 고개를 끄덕이자 호칠은 더 이상 묻지 않고 도를
휘둘렀다.

그 모습을 보고 연우심은 가르치는 보람이 있는 녀석이라
는 생각을 했다. 호칠이 수라파천도를 배우기 시작한 지도 어
느덧 이 년째였다. 초식을 펼치기 위한 진기의 운용도 빨리
배웠고, 투로를 익히는 속도도 더없이 빨랐지만 무엇보다 뛰
어난 것은 초식에 대한 이해였다.

어떤 초식이 어떤 목적을 위해 만들어졌는지를 정확하게
이해하고 수련하는 것과 그저 투로를 익히는 것은 수련에서
는 차이가 나지 않지만 실전에서는 천양지차인 법. 열 살에
처음으로 도를 잡고 명사 밑에서 수련을 한 자신도 호칠의 나
이에 호칠만큼 초식에 대한 이해를 보이지는 못했다. 단순히
무력을 비교하자면 당시의 자신이 더 강했을지 몰라도 장래
를 생각한다면 호칠이 단연 뛰어날 것이었다.

연우심의 생각대로 호칠의 무력은 그 끝을 모르고 높아만
갔다.

第二章
짚신도 함께하건만[況且草鞋恒同]

원 순제 지정 7년(1347년).

솔직히 호칠도 지난밤에 왕필이 한 이야기가 싫지만은 않았다. 세상에 어떤 사람이 호칠같이 출생도 불분명하고 놀기 좋아하며, 가진 거라고는 불알 두 쪽밖에 없는 녀석에게 선뜻 자기 딸을 내어줄 테니 결혼하라고 하겠는가.

소미가 천하에 둘도 없는 추녀라서 혼사가 막막하다거나 혹은 출가했다 소박맞고 돌아온 처녀인 것도 아니었다. 제법 반반한 얼굴에 올해 나이 십팔 세로 한참 아름다움을 뽐내는 처녀로 어디 내놔도 부끄럽지 않은 아가씨였으니 호칠의 입장에서는 거절할 만한 제안도 아닐뿐더러 왕필이 호칠에게 베푼 은혜를 생각한다면 당장이라도 무릎 꿇고 '장인어른, 따님은 제가 꼭 행복하게 해드리겠습니다' 라고 말해야 할 것이었다.

호칠이 소미를 마음에 들어하지 않는 것인가 하면 또 그렇지도 않았다. 몇 년 전까지만 해도 귀여운 동생으로밖에 보이지 않던 소미가 지난번 장위충 사건 이후로는 종종 다 큰 아가씨라는 생각이 들곤 했기 때문이었다.

한마디로 호칠도 소미를 동생으로만 생각하고 있지는 않다는 뜻.

하지만 호칠은 혼담에 관한 이야기를 듣는 내내 가슴 한구석이 체했을 때마냥 답답한 것이 영 내키지 않아 결국 생각할 시간을 달라는 말로 대답을 미뤘다. 일을 하는 중에도 기운이 나지 않아 한숨 돌릴 겸 뒷산에 올라와 연우심에게 하소연을 늘어놓고 있던 참이었다.

사정을 들은 연우심은 못마땅한 듯 미간을 좁히고 잔소리를 늘어놓기 시작했다.

"욘석아! 그래, 뭐가 문제라서 결혼하기 싫은 게냐? 장인은 의로운 사람이요, 그 딸은 부족할 것 없는 아가씨다. 왕 아우 슬하에 자녀라고는 소미라는 아가씨 하나뿐이니 그 백마반점도 너한테 돌아가겠구나. 데릴사위인 게 맘에 안 드는 게냐?"

"아니요. 왕씨 성을 잇지 않아도 좋다고까지 하셨는걸요."

호칠이 고개를 저으며 대답하자 연우심은 못마땅한 듯 고개를 흔들며 곰방대에 입을 가져갔다.

"남자로 태어나 꿈 한번 펴보지도 못하고 장사나 하는 건 좀 아니지 않나요?"

딱!

연우심은 호칠의 머리를 곰방대로 내려치고는 말했다.

"내 칠십 평생 왕 아우만큼 훌륭한 사람은 몇 명 보지 못했다. 사람이 다른 이에게 존경받을 만한 인물이 되는 것은 큰 일을 하고 안 하고에 따르는 것이 아님을 어찌 모르는 게냐."

"왕 아저씨가 훌륭하지 않다는 게 아니잖습니까. 저도 알지요. 하지만 기껏 배운 무공 써보지도 못하고 음식점 주인으로 사는 것도 아까우니까 그러죠."

"쯧쯧. 그래, 사람 때리는 거 몇 수 배웠다고 그게 그리 아까운 게냐? 아까워할 거 하나도 없다. 나야 배운 게 사람 때리고 죽이는 것밖에 없으니 강호에서 떠나지 못하고 이렇게 지낸다만… 네 녀석까지 그러는 건 보고 싶지 않구나."

물론 호칠이 배운 것이 연우심의 말처럼 가벼운 것은 아니었다. 호칠을 만나기 전의 연우심이라면 이런 식으로 말하지 않았을 것이었지만 세월은 사람을 바꾸는 법, 연우심은 혀를 끌끌 차며 호칠에게 말했다. 하지만 호칠은 아랑곳하지 않았다.

"언제는 수라파천도가 천하제일의 무공이래 놓고 왜 이제 와선 딴소리예요?"

"말이나 못하면… 그래서 왕 아우가 그렇게까지 말을 했는데도 떠나겠다는 게냐?"

"한번쯤은 어딘가로 떠나보고 싶지만 은혜를 입은 몸으로 맘 편히 떠날 수 있는 입장도 아니고, 설령 간다 해도 어디에 가서 뭘 할지도 모르겠는걸요. 주인 어른 말씀을 거스르기도 싫고요. 그냥 답답하다는 거죠."

"……."

젊은 시절에 가질 법한 호기를 이해할 수 있었던 연우심은 아무런 대답도 하지 않고 그저 곰방대를 물 뿐이었다.

멍하니 떠가는 구름을 바라보던 호칠이 황급히 몸을 일으키며 말했다.

"사부, 저 일하러 가요! 식사 시간 맞춰서 오세요."

호칠은 연우심의 대답을 듣지도 않고 마을로 냅다 달렸다.

발을 한번 놀릴 때마다 일 장씩 쭉쭉 뻗어나가면서 땅에는 아무런 흔적이 남지 않는 것을 보면 상승경공인 초상비(草上飛)인 것이 틀림없었다.

겨우 이십대 중반에 불과한 호칠의 나이를 감안한다면 놀라운 무공이었다.

　호칠은 지각이나 면하고자 초상비를 펼치는 자신의 신세
를 속으로 원망하며 달렸다.

　백마반점에서 하루 일과를 끝내고 왕가장으로 돌아온 호
칠은 노구식에게 어처구니없는 이야기를 전해 들었다.
　얘기인즉슨 적룡방주의 둘째 아들인 장위충이 납채(納采)
의 절차를 따라 매파를 통해 왕필의 딸 왕소미에게 청혼을 했
다는 것이다.
　호칠은 어처구니없었다. 예전의 일이 있은 후 계속해서 소
미를 노려왔던 장위충이었다. 하지만 이렇게 대놓고 매파까
지 보내올 줄은 몰랐던지라 자신도 모르게 큰 소리를 냈다.
　"아니, 어디 그게 말이나 돼요?"
　"그러게 말이다. 주인 어른께서 당연히 거절하시긴 했다
만, 장위충 그 녀석이 어디 주제도 모르고 우리 소미 아가씨
를 넘보는지 모르겠다."
　"아니, 왕 어르신이 어떤 분인데 적룡방이랑 사돈을 맺어
요."
　"누가 아니래냐. 오르지 못할 나무는 쳐다보지도 말아야
지. 적룡방이 아무래도 요즘 좀 이상하다. 얼마 전에 큰아들
이 돌아왔다더니 그거랑 관련있는 것도 같고. 여기저기 시비
를 걸고 다닌다는 얘기가 있더구나."

"그래 봤자 적룡방이죠. 적룡방주 됨됨이가 그 모양인데
요. 그 아들은 한술 더 뜨고요."

"네 말이 맞다. 정말 어처구니가 없구나."

아버지 잘 만난 덕에 설치고 다니는 불한당 같은 녀석이 낙
양에서 대협으로 추앙받는 왕필의 장중보옥에게 청혼을 한
것이니 호칠과 노구식이 어처구니없어함은 당연하다면 당연
한 것이었다.

"그나저나 소미 아가씨가 이제 다 크긴 컸나 보다. 이렇게
청혼이 들어오는 것을 보면."

"전에 보니까 다 크긴 컸던데요. 가슴도 봉곳하니 올라오
고……."

"예끼, 이 녀석! 주인 어른이 들으면 경을 칠 소리만 골라
하는구나. 헛소리는 그만 하고 어서 들어가 쉬거라."

낄낄거리며 노구식과 헤어져 자신의 방으로 돌아온 호칠
은 자리에 누워 장위충과 소미가 혼례를 올리는 모습을 상상
하곤 중얼거렸다.

"그건 안 되지. 암, 안 되고말고."

장위충이 청혼을 하고 나서 며칠이 지난 후였다. 호칠은 자
신의 방에 앉아 운기조식을 하고 있는 중 누군가 자신의 방으
로 다가오는 소리에 서서히 기를 단전으로 되돌렸다. 내공을

온전히 갈무리하자 장지문 밖에서 왕필의 목소리가 들려왔다.

"으흠, 호칠이 있느냐?"

호칠은 장지문을 열며 왕필을 맞았다.

"예, 어르신. 부르시면 제가 찾아뵐 텐데 몸소 찾아오시고 그러십니까?"

호칠은 왕필이 자신을 찾아온 이유가 소미에 관련된 이야기임을 쉽게 짐작할 수 있었다. 왕필은 굳이 돌려 말할 필요를 느끼지 못했는지 호칠의 방 안으로 들어와 앉더니 곧바로 말을 시작했다.

"그래, 지난번에 생각해 본다 하더니 생각은 해보았느냐?"

호칠이 아무런 대답도 하지 않자 왕필은 수염을 쓰다듬으며 말을 이었다.

"자식 자랑은 팔불출이라지만 소미가 그리 부족한 아이는 아닐진대, 혹 따로 마음에 두고 있는 사람이 있는 게냐?"

"아, 아닙니다. 마음에 둔 사람 같은 건 없습니다."

호칠이 손사래까지 쳐가며 부인하자 왕필은 웃으며 말했다.

"앵이 아범의 말을 들어보면 너도 아주 마음이 없는 건 아닌 것 같은데 어찌 대답을 미루느냐."

앵이 아범이라 함은 노구식을 말하는 것, 호칠은 속내가 들

컸다는 생각에 얼굴이 벌게져 속으론 노구식을 욕했다.

'경을 칠 소리라고 할 때는 언제고 그새 그걸 일러바치다니. 세상에 믿을 사람 하나 없구나.'

물론 노구식이 호칠을 폄하하려 왕필에게 말한 것은 아닐 테지만 혼례에 대해 확언을 하지 않은 상황에서는 경을 치는 것이나, 왕필이 웃으며 농을 거는 것이나 곤혹스럽기는 매한가지였다.

"적룡방주가 낙양 총관을 통해 다시 혼담을 요청해 왔다. 네 녀석이 싫다면 혼기를 놓치기 전에……."

"하겠습니다! 혼인!"

호칠의 대답에 왕필은 무엇이 그리 즐거운지 껄껄 웃었다.

"자세한 부분은 연 어르신과 상의해서 결정할 테니 너는 신랑 될 준비나 하도록 해라."

말을 마친 왕필이 방을 떠나고 한참이 지나고 나서야 비로소 자신이 혼인을 하게 된다는 것을 현실로 받아들일 수 있었다.

'내가 왜 혼인을 하겠다고 대답한 거지? 소미가 장위충에게 시집가는 것이 싫어서? 그건 아니야. 어르신 성품으로 미루어볼 때 낙양 총관이 아니라 그 누구를 통해 청혼해 오더라도 싫다면 거절할 것이 분명해. 문제는 오히려 거절하고 나서지. 총관이나 적룡방주가 당장은 어르신께 아무런 해코지를 하지 못한다손 치더라도 앞으로 계속해서 꼬투리를 잡아 사사건건 시비를 걸어온다면 어르신이라도 힘드실 테니까. 그래, 그걸 걱정해서 혼인하겠다고 대답한 거야.'

호칠은 잠까지 설쳐 가며 자신이 혼인을 하겠다고 대답한 이유를 찾았지만 사실은 결단을 내릴 계기가 필요했던 것에 불과했다는 것은 깨닫지 못했다.

이미 혼인을 약조한 데다 호칠이 혼인 상대인 소미와 같은 담 안에 살고 있는 상황이었기에 다분히 형식에 불과했지만, 육례(六禮)에 따라 매파가 오가자 왕소미와 호칠이 혼례를 치를 거라는 소문이 사람들의 입에 오르내리기 시작했다.

그날도 여느 때와 다름없이 백마반점에서는 저녁 시간이 지나고 손님이 뜸해진 틈을 타 고용인들이 모여 앉아 팔고 남은 포자를 먹고 있었다. 그날은 연우심도 함께해 백마반점의 숙수인 반각과 함께 혼인을 앞둔 호칠을 놀리며 술도 가볍게 하고 있던 참이었다.

소문을 듣고 나타난 것일까? 촤르륵, 거칠게 주렴을 헤치는 소리와 함께 장위층이 수하들을 이끌고 백마반점으로 들어섰다.

주변을 둘러본 장위층은 곧 호칠을 발견하고 큰 걸음으로 성큼 다가와 으르렁거리며 말했다.

"네놈 맞지? 소미랑 결혼한다는 새끼가!"

호칠은 먹고 있던 포자를 탁자에 내려놓고 자리에서 일어나며 말했다.

"그래, 그러면 어쩔 건데? 축하는 혼례식장에서 해줘도 충분하니까 오늘은 그만 돌아가지?"

갑작스레 손을 뻗어 호칠의 멱을 틀어잡은 장위충은 눈알을 부라리며 말했다.

"지금이라도 늦지 않았으니까 혼례를 취소하겠다고만 하면 목숨만은 살려주마."

"소미 아가씨를 소박 맞히라고? 그렇게 되면 사람들이 아가씨에 대해서 도대체 뭐라고 떠들어대겠어? 그럴 수야 없지."

"그렇다면 네놈이 죽어 결혼이 취소되면 되겠구나."

장위충은 말이 끝남과 동시에 주먹을 휘둘렀다.

호칠은 턱을 향해 날아오는 장위충의 주먹을 손바닥으로 쳐냈다. 가볍게 쳤음에도 장위충의 주먹은 목표를 잃고 허공을 훑었고, 그사이 호칠은 멱을 잡고 있던 장위충의 손을 잡아 꺾었다. 장위충은 고통을 이기지 못하고 억! 하는 소리와 함께 몸을 숙였다. 꺾은 손을 장위충의 등 뒤에 갖다 붙인 호칠은 등을 보이고 선 채 고통을 호소하는 장위충에게 말했다.

"새신랑 되실 몸인데 다쳐서야 되겠어? 다시는 귀찮게 안

한다고 하면 오늘 소란 피운 거 없던 일로 해줄 테니 조용히
돌아가라."

　호칠이 대답도 듣지 않고 손목을 놓아주자 장위충은 뒷걸
음질치며 손목을 주물렀다. 내색하지 않으려 했지만 장위충
은 깜짝 놀란 상태였다. 그동안 몸이 제법 잽싸 도망치는 재
주는 인정하고 있었지만 이런 숨겨둔 솜씨가 있는 줄은 전혀
몰랐다.

　장위충은 제법 분한 듯이 노려보았지만 역시 조금 전 쉽게
제압당한 것이 마음에 걸렸는지 아무 말 없이 수하들을 데리
고 문밖으로 나가 버렸다.

　장위충이 사라지자 연우심은 어색한 분위기를 풀려는 듯
호칠에게 농을 던졌다.

　"이놈아, 장가 한번 요란하게도 가는구나?"

　"어르신, 그게 어디 저놈 잘못입니까? 전부 소미가 잘난 탓
이지."

　반각은 킬킬 웃으며 맞장구를 쳤다. 반각과 한참을 어울려
호칠을 놀린 연우심은 문득 걱정스러운 듯 말했다.

　"그나저나 별일없어야 할 텐데. 장위충에게 손을 댔으니
적룡방에서 가만있지 않을 것 같구나."

　"그까짓 적룡방에서 어찌겠어요. 왕 아저씨나 소미한테는
손대지 못할 거고 저한테나 몇 명 찾아오겠죠."

　그동안 힘이 없어서 참은 것이 아니라 귀찮아지는 것이 싫어 장위충을 건드리지 않았던 호칠로서는 한순간 분을 못 참고 그동안 참아온 것을 물거품으로 만든 것이 못내 아쉬웠다. 하지만 장위충의 태도로 보아 순순히 포기할 것 같아 보이지도 않았으니, 언젠간 일어날 일이었다 생각하며 대수롭지 않게 대답하자 반각도 나서 거들었다.

　"그건 호칠이 말이 맞을 겁니다."

　그리곤 호칠을 돌아보고 말을 이었다.

　"호칠아, 내가 알기에 적룡방에 제대로 된 무인이 없긴 하다만, 근자에 들리는 소문에 의하면 몇 달 전에 돌아온 첫째 아들이 신진고수라는 소문이 있으니 조심해서 나쁠 건 없다."

　연우심과 반각의 우려와는 달리 적룡방은 잠잠했다.

　어느덧 두 달이 흘러 혼인식을 하루 앞두고 호칠은 잠이 오지 않아 자신의 처소에서 나와 장원 내를 거닐었다. 좀처럼 갑갑한 마음이 풀리지 않자 호칠은 목도를 찾아 들고 혈천섬광도의 초식을 풀어내기 시작했다. 혈천섬광도는 연우심이 수라파천도를 배우기 전에 도의 기초를 다지라며 가르친 도법이었다. 비록 연우심은 기초를 다지라며 가르쳤을지 몰라도 혈천섬광도 또한 강호에서는 일절로 인정받는 도법이었다.

휙휙 하고 목도 끝에서는 바람 가르는 소리가 나고, 한바탕 춤사위를 추듯 모든 초식을 풀어낸 호칠은 숨을 고르며 목도를 거둬들였다. 몸을 움직인 후에도 여전히 갑갑한 마음이 풀리지 않는지 호칠은 한숨을 내쉬었다. 사위가 고요한 가운데 정적을 깨는 목소리가 들려왔다.

"웬 한숨이야? 나랑 혼인하는 게 싫은 거야?"

호칠이 뒤돌아보니 소미가 웃으며 서 있었다.

"그런 거 아니야."

"그런 게 아니면 왜 한숨을 쉬는데?"

소미가 떼를 쓰듯 다시 묻자 호칠은 한번 웃고는 입을 열었다.

사생계활(死生契闊) 죽거나 살거나 함께하기로
여자성설(與子成說) 당신과 굳고 굳은 언약 있었지
집자지수(執子之手) 섬섬옥수 고운 손 힘주어 잡고
여자해로(與子偕老) 단둘이 오순도순 백년해로하자고.

"시경도 알아?"

"조금."

호칠이 읊은 것은 시경 격고(擊鼓)편에 나오는 이야기였다.

전장으로 떠난 병사가 말[馬]도 잃은 채 전쟁터를 떠돌다가 고향에 두고 온 아내를 떠올리며 지은 시였다. 마지막은 '아아, 그것도 헛된 일이 되었구나'로 끝을 맺는 슬픈 이야기였지만 호칠은 그 부분만 쏙 빼고 백년해로하자는 뜻으로 시를 읊은 것이었다.

"혼인식 전날에 듣기엔 조금 그렇네."

"여자해로까지만 했잖아. 정 싫으면 못 들은 걸로 해줘."

호칠이 웃으며 말하자 소미는 고개를 저으며 대답했다.

"아니야. 우리 백년해로하자."

"그래. 어서 들어가 자. 나도 이제 자야겠다."

호칠이 과장되게 하품하면서 말하자 소미는 웃으며 알았다고 대답하고 자신의 침소로 향했다. 호칠은 소미가 시야에서 사라지고 나서야 자신의 처소로 돌아가 잠을 청했다.

다음날 아침이 밝았다.

곱게 화장을 하고 혼례복을 차려입은 소미의 모습은 월궁에서 항아가 내려온 것이 아닌가 싶을 정도로 아름다웠다.

반듯한 이마, 붓으로 그린 듯 선명한 눈썹과 호수같이 맑은 눈. 오뚝한 코를 따라 밑으로 내려오면 빨간색의 도톰한 입술이 보였다.

호칠이 넋을 잃고 한참을 바라보자 소미는 킥하고 웃으며 호칠의 코를 잡아당겼다.

"나랑 결혼하기 싫다고 할 때는 언제고 이제는 뭐가 좋다고 그렇게 뚫어지게 보는 거야?"

소미의 책망 아닌 책망에 호칠은 능글맞게 웃으며 대답했다.

"내가 언제 싫다 그랬어? 생각해 본다 그랬지. 그러는 소미가 싫은 거 아냐? 지금이라도 취소할까? 장위충, 그 녀석이 좋다고 달려오겠는데."

"뭐야!"

"아얏, 우리 차례다."

호칠은 소미에게 허벅지를 꼬집혀 소리를 질렀다. 소미는 뭐가 즐거운지 얼굴 한가득 미소를 띄우고 자리에서 일어났다. 호칠도 자리에서 일어나 혼례를 축하해 주기 위해 모인 손님들에게 감사의 말을 전했다.

말을 마치고 자리로 돌아가려는 순간 장원 입구가 소란스러워지고, 적포(赤袍)를 차려입은 장년인이 일련의 무리를 이끌고 나타났다.

장년인 뒤에는 소매가 넓은 옷을 입은 청년과 장위충이 붙어 있었다. 그리고 하나같이 흉악한 인상을 지닌 장년인 넷이 편광도를 차고 뒤따랐다. 장년인들 뒤로는 가슴에 적룡이라는 글자가 수놓인 무복을 입은 청년 다섯이 따르고 있었다.

적포를 입은 장년인은 하객들이 앉아 있는 자리를 지나치다 탁자 위에 놓인 연꽃 씨를 집어먹으며 말했다.

"왕 대협, 이런 경사스런 일이 있는데 불러주지도 않으시고 이거 참 섭섭합니다."

왕필은 자리에서 일어나 읍을 하고는 대답했다.

"공사가 다망하신 적룡방주께 누가 될까 두려워 사람을 보내지 아니한 점 죄송스럽게 생각합니다. 이렇게 찾아주셨으니 새로이 시작하는 두 사람을 축하해 주신다면 왕모는 바랄 것이 없겠소이다."

"저도 그러고 싶지만 제 아들놈이 죽어도 왕 대협의 따님과 성혼을 해야겠다고 하지 뭡니까. 자식 이기는 부모 없다더니 그 말이 참말이더군요. 저도 이러고 싶지는 않지만 어쩌겠습니까. 마침 식 준비도 다 되어 있겠다, 이 자리에서 혼례를 올리면 되겠군요."

적룡방주가 좋은 목적으로 찾아온 것이 아님을 밝히자 축하를 해주기 위해 모인 사람들이 웅성거리기 시작했다. 왕필은 헛기침을 몇 번 하고 나서 낯을 굳힌 채 말했다.

"이런 경사스런 날에 어찌 그런 말씀을 하시는지 도무지 납득할 수 없소이다. 축하를 해주기 위해 오신 것이 아니라면 나중에 시간을 내서 다시 들러주시지요."

명백한 축객령이었지만 오늘의 적룡방주는 묘하게 자신감

이 넘쳤다.

적룡방주가 뒤를 돌아보며 소리쳤다.

"얘들아! 왕소미라는 계집을 잡아와라! 신랑 녀석은 죽이고!"

적룡방주의 명령이 떨어지자 적룡방의 졸개들은 각기 도를 뽑아 들고 소미와 호칠이 있는 단상 위로 다가왔다. 소미가 놀란 얼굴로 왕필의 등 뒤로 숨자 호칠은 적룡방도들의 앞을 막아섰다.

개중 유독 사나워 보이는 청년이 소리를 지르며 호칠에게 도를 휘둘렀다. 호칠은 뒤로 한 발 물러나 공격을 피하고 단상에 놓인 촛대를 집어 들어 청년의 얼굴을 향해 던졌다.

호칠은 청년이 촛대를 쳐내는 사이 빙글 돌아 옆으로 다가 갔다. 서로 간의 거리가 너무 가까워 도를 휘두르지 못하는 틈을 타 상대의 손을 잡은 호칠은 다리를 차며 상대를 집어 던졌다.

쾅! 하는 소리와 함께 머리를 땅에 부딪친 청년은 떨어진 자세 그대로 움직이지 못했다.

한 사람이 당하는 것을 본 다른 적룡방도들은 잠시 망설이다가 동시에 호칠에게 달려들었다.

호칠은 당황하지 않고 가장 가까운 상대의 얼굴을 짧게 끊어 치고 그 손을 그대로 뻗어 공수탈백인(空手奪白刃)의 수법을 발휘해 도를 빼앗았다. 빼앗은 도를 들어 허리를 베어오는 적룡방도의 공격을 막은 후 공격한 상대의 다리를 발로 찼다. 전력으로 찬 탓인지 맞은 상대는 다리가 기형적으로 구부러져 고통에 찬 비명을 지르며 바닥을 뒹굴었다. 그 뒤엔 숨 쉴 틈도 없이 무기를 빼앗긴 채 머뭇거리는 적룡방도의 가슴에 붕권을 내질렀다. 힘찬 진각과 함께 가슴에 작렬한 붕권은 상대를 실 끊어진 연처럼 날아가게 만들었다. 한 청년만이 남아 호칠에게 무기를 겨누고 있었다.

'도를 잡은 방법부터 시작해 엉덩이가 뒤로 빠진 모양새까지, 기본이 안 된 정도가 아니라 기본이 뭔지도 모르는 놈이로군.'

호칠이 적룡방주를 힐끔 쳐다보자 상대는 덩달아 적룡방주 쪽으로 시선을 돌렸다. 호칠은 그 틈을 타 무기를 쥐고 있는 손목을 걸어차 도를 떨어뜨리게 만든 후 얼빠진 표정을 짓고 있는 청년의 면상을 향해 주먹을 뻗었다.

수하들이 맥없이 쓰러지는 것을 본 적룡방주는 조금 놀란 듯했지만 이내 표정을 바꾸며 웃었다.

"어디서 배웠는지는 모르지만 한 수가 있는 녀석이었군. 하지만 곧 후회하게 될 거다. 어른들의 세계에선 체면이란 게 꽤 중요한 거거든."

"그렇게 중요한 거면 잘 챙기시지 뭘 하러 혼인식장까지

와서 행패 부리다 잃어버리시는 건지 나 원 참, 알 수가 없
네.”

호칠이 이죽거리자 적룡방주는 울화가 치미는지 얼굴이
시뻘게지며 소리쳤다.

“섬서사도(陝西四刀) 어르신들 앞에서도 그런 소리를 지껄
일 수 있나 보마! 어르신들, 부탁드립니다.”

적룡방주는 지금까지 움직이지 않고 있던 네 명의 도객에
게 고개를 숙이며 부탁했다. 하지만 그중 입꼬리부터 귀밑까
지 찢어진 커다란 흉터가 있는 장년인이 고개를 저으며 대답
했다.

“혼인은 인륜지대사인데 어찌 방해할 수 있겠소이까? 적룡
방주께 몸을 의탁하고 있기에 신세를 갚을 생각으로 이곳까
지 따라왔지만, 정녕 이런 일인지 미리 알았더라면 거절했을
것이오. 설령 원한이 있다 하더라도 오늘은 물러나는 것이 도
리라고 생각되오.”

장년인이 얼굴과는 어울리지 않는 점잖은 말투로 혼례를
방해할 의향이 없음을 밝히자 적룡방주뿐만 아니라 호칠 또
한 당황했다.

‘이래서 사람을 외모로 판단하면 안 되는 건가? 생긴 것만
보면 혼례고 뭐고 아랑곳하지 않을 것 같은 얼굴인데. 의외로
정대한 인물이로군.’

이러한 생각을 하고 있는 호칠의 옆으로 어느새 연우심이 다가서며 말했다.

"섬서에서는 제법 이름이 있는 섬서사흉(陝西四凶)이라는 녀석들이다. 지금 앞에 나선 녀석이 첫째인 방화마(放火魔) 종필(鐘楹), 그 뒤의 세 놈이, 채화음적(採花淫賊) 고가(高歌), 악도적(握刀賊) 장삼(張三), 인도부(人屠夫) 이원지(李原池)이다. 얼마 전 화산파 제자를 죽이고 종적을 감췄다 들었는데 이런 곳에 숨어 있었구나."

'정대한 인물이라는 말 취소다. 세상에 저런 악당들이 있나.'

상대에 대한 생각을 수정한 호칠이 말했다.

"얼핏 들어도 악당 같아 보이는 별호로군요. 살인, 강도, 강간, 방화. 나쁜 짓이란 나쁜 짓은 다 하고 다니는 놈들끼리 잘도 만났네요?"

"그도 그럴 것이 네 녀석 모두 천지마도(天地魔刀)라는 거마의 제자니까."

"그럼 제법 강하겠는데요?"

"네 명 합쳐서 한 사람 몫 할 정도는 된다. 합격술이 특기거든."

연우심이 자신들에 대해 늘어놓자 종필이 정중하게 포권을 하며 물었다.

"어느 방면의 고인이시기에 저희에 대해 알고 계신지요?"

연우심은 어떤 인연이기에 이러한 자리에서 자신과 섬서사흉이 만나게 된 것인지를 원망했다.

"연우심이다."

"헉! 염라도제(閻羅刀帝) 연우심(燕優深)!"

보통은 상대가 연우심인 것을 알면 물러날 터인데 섬서사흉은 반대였다. 그도 그럴 것이 자신들의 스승인 천지마도가 연우심과의 비무 후 세상을 등진 터라 섬서사흉이 연우심에 대해 가지는 감정은 원수를 대하는 것과 같았다.

섬서사흉은 지금까지 정중했던 태도는 온데간데없이 사라지고 편광도를 뽑아 들며 소리쳤다.

"흥! 언젠간 한번 만나야겠다고 생각했지만 설마 오늘이 그날일 줄은 몰랐다. 설령 우리 네 형제가 이 자리에 뼈를 묻는다 하더라도 네놈만큼은 꼭 죽이고 가야겠다."

호칠은 사흉이 갑자기 광증이 일었나라는 의문이 들었지만 연우심은 아무 말도 하지 않고 조용히 소매 속에서 곰방대를 꺼내 들었다.

그사이 적룡방주와 함께 온 소매가 넓은 옷을 입은 청년이 슬그머니 앞으로 나오며 말했다.

"적룡방의 장효기(張孝旗)라 한다."

적룡방주의 첫째 아들임이 분명한 청년은 호칠의 앞으로

나서며 자신을 소개했다. 호칠은 적룡방도들이 떨어뜨린 도를 주워 들고 중단을 겨눴다.

"백마반점의 신호칠이다."

장효기는 순간 백마반점이 어떤 방파인지를 고민했지만 금세 호칠이 자신을 놀리기 위해 백마반점 운운한 것을 깨달았다. 장효기는 싸늘한 웃음을 입가에 흘리며 말했다.

"네 녀석 솜씨가 입담만 하길 바라마."

"미안하지만 칼솜씨보다는 입담이 훨씬 뛰어나."

호칠은 빙긋 웃으며 대답했다.

섬서사흉은 편광도를 천천히 흔들며 연우심을 마주했다.

대형인 종필은 기세를 돋우려는 듯 짐짓 허세를 부리며 말했다.

"늙은이가 날리던 지도 한참 지났지. 그렇게 말라비틀어진 팔목으로 어디 닭 모가지나 비틀 수 있겠어?"

그런 마음을 눈치 챘는지 섬서사흉의 나머지 인물들 또한 맞장구를 치기 시작했다.

"그러게 말입니다, 형님."

"이제야 사부님의 원수를 갚을 수 있겠수다."

입으로는 그렇게 말했지만 얼굴은 웃고 있지 않았다. 생사의 대적을 앞두고 조금도 방심할 수 없었던 것. 섬서사흉은 조심스레 연우심을 에워싸기 시작했다.

연우심은 섬서사흉이 온전히 자신을 에워싸기를 기다렸는지 섬서사흉이 동서남북 네 방위를 완전히 차단하자 그제야 자세를 취했다. 연우심은 곰방대의 물부리(입에 닿는 부분)를 엄지와 검지로 잡고 대통(담뱃잎을 넣고 불을 붙이는 부분)을 손등 뒤로 늘어뜨렸다. 곰방대로 자신의 성명절기인 수라파천도의 기수식을 변형해 취한 것이었다.

"내 선수를 양보하지."

섬서사흉은 연우심의 말이 끝나자마자 득달같이 달려들었다.

그와 동시에 호칠은 크게 소리치며 장효기를 공격해 들어갔다.

"자, 젊은 사람은 젊은 사람끼리 놀아보자고!"

챙!

분명 장효기는 아무 병기도 들고 있지 않았는데 금속성이 일었다.

"소매가 넓은 옷을 입었다 했더니 조(爪)를 숨겨 지니고 있었군."

보통 무림에서 전해지는 무언에 이런 말이 있다.

'검승조 창승검 도승창 조승도(劍勝爪 槍勝劍 刀勝槍 爪勝刀).'

실력이 엇비슷할 경우 조를 이기는 것은 검이고 검을 이기는 것은 창, 그리고 창을 이기는 것은 도이며 도를 이기는 것은 조라는 말인데, 얼마나 근거있는 말인지는 모르겠으나 오랫동안 전해 내려오는 무언이니만큼 쉽게 무시할 것은 아니었다. 도를 들고 있는 호칠로서는 상대의 무기가 조인 것이 마음에 걸렸다.

호칠은 껄끄러운 마음을 떨치려는 듯 도를 크게 휘둘러 장효기를 공격했다. 공격을 막아낸 장효기는 충격을 받은 듯 한 발 물러섰다. 그것을 본 호칠은 선기를 놓치지 않으려 몸을 날리며 혈천섬광도를 펼쳤다.

호흡 몇 번 할 만한 시간에 수십 합의 공방을 나눈 호칠과 장효기의 모습은 대조적이었다.

장효기는 옷이 여기저기 찢어져 넝마가 된 채로 숨을 가쁘게 내쉬었다. 그에 비하면 호칠의 호흡은 안정돼 보였다. 하지만 호칠이 들고 있는 도는 이가 빠져 이미 도라기보다는 톱에 가까운 모양을 하고 있었다.

병기의 차이가 가져온 결과였다. 장효기의 무기가 상품의 물건이라면 호칠의 도는 하품 중의 하품이 분명했다.

호칠의 도가 쓸모없어진 것을 알아챈 장효기는 조를 사납게 휘두르며 호칠을 공격했다. 호칠은 도가 부러지는 것을 막기 위해 조심하다 보니 수세에 몰릴 수밖에 없었다.

혼례를 축하해 주기 위해 온 손님의 대부분은 장원 밖으로 피했고 몇몇 호기심 많은 사람과 왕필과 교분이 깊은 사람들만이 남아 멀찍이 떨어져 돌아가는 상황을 보고 있었다.

적룡방주는 혼인을 축하해 주러 온 하오문 분타주 송백과 맞붙어 싸우고 있었다. 송백의 무공은 원래대로라면 적룡방주와 백중세일 것이지만, 혼례식에 오느라 병기를 가지고 오지 않은 송백으로선 적룡방주를 상대하기가 벅찼다. 송백은 급한 대로 바닥에 있는 무기라도 주워 쓰려 했지만 적룡방주가 가만히 보고 있을 리 없었다. 송백은 어쩔 수 없이 계속 상처를 늘려가며 적룡방주를 상대했다.

섬서사흉은 연우심을 둘러싸고 번갈아가며 공격했다. 공격 자체는 단순해 보였지만 사상진(四箱陣)을 변형해 만든 합격진인 듯했다. 사흉의 움직임은 톱니가 맞물리듯 절묘하게 맞물려 연우심을 잡아두고 있었다.

호칠의 도는 얼마 버티지 못하고 부러져 버리고 말았다. 승기를 잡았다 생각한 장효기는 결정타를 날리기 위해 뒤로 물러나 숨을 고르며 양다리를 마보(馬步)로 넓게 벌렸다. 순식간에 장효기의 장포가 부풀어 오르고, 소매가 찢어져 밖으로 드러난 팔뚝에는 힘줄이 솟았다.

장효기가 숨겨둔 한 수를 꺼내 승리를 확정지으려 한다는 것을 눈치 챈 호칠은 반 토막밖에 남지 않은 도를 장효기에게 던졌다. 따로이 암기술을 배우지 않은 호칠이었지만 힘껏 던지자 그 속도와 힘이 경시할 수 있는 수준이 아니었다.

설마 무인이 암기도 아닌 자신의 무기을 던지리라고는 생각도 못했던 장효기는 깜짝 놀라 몸을 굴린 후 일어나지 못했다.

그 모습을 본 호칠은 어처구니가 없다는 듯 중얼거렸다.

"급하게 움직이느라 기혈이 역류했구만. 적을 앞에 둔 채 대놓고 기를 모으다니, 이래서 싸우는 법은 모르고 어설프게 무공만 배운 녀석은 상대하기 쉽다니까."

호칠은 장효기를 내버려 둔 채 연우심과 송백 둘 중 누구를 도와야 할지 고민했다. 상황을 살펴보니 연우심은 걱정할 필요가 없어 보였다. 송백을 돕기로 결정하고 막 몸을 움직이려는 찰나 쾅 하는 소리와 함께 연기가 피어올랐다. 연기는 순식간에 장원을 덮었고, 금세 사방을 분간할 수 없을 만큼 짙어졌다.

그 와중에 꺄악! 하는 소미의 비명 소리가 들렸다.

호칠은 어림짐작으로 왕 아저씨가 있던 자리로 몸을 날리며 소리쳤다.

"왕 아저씨! 소미!"

손을 뻗어 주위를 더듬던 호칠의 귀에 왕필의 목소리가 들려왔다.

"으… 윽… 소미가… 소미가 장위충에게 잡혀갔다."

호칠은 주변이 보이지는 않았지만 연우심에게 뒷일을 부탁한다고 소리치고, 바닥을 더듬어 적룡방도의 도를 하나 챙겨 장원을 빠져나왔다.

저 멀리서 장위충이 올라탄 말이 흙먼지를 날리며 사라져가고 있었다.

호칠은 전력으로 초상비를 펼쳐 뒤쫓았지만 차이는 점점 벌어질 뿐이었다.

장위충이 도주하는 방향을 보고 적룡방으로 갔을 거라 짐작한 호칠은 적룡방으로 달리기 시작했다.

연기가 조금씩 걷히고 주변을 식별할 수 있을 정도가 되자 섬서사흉은 연우심을 다시 공격해 왔다. 계속되는 섬서사흉의 공격을 막아내던 연우심은 섬서사흉의 스승이자 마음속의 지기였던 천지마도가 생각났다. 몇 번 만나지도 않았고 만날 때마다 서로 무기만 맞댄 상대였지만 그렇기에 더욱 각별하게 느끼는지도 몰랐다. 오래전 자신과의 비무 후에 상세를 다스리지 못해 결국 세상을 등졌다는 이야기를 전해 듣고 혼자서 몇 병의 술을 비웠던가.

"제자들을 반쪽짜리 무인으로 만들어놓고 눈이 감기던

가…….”

연우심은 섬서사흉을 반쪽짜리 무인이라 칭했다. 천지마도의 진전을 제대로 이어받지 못했기 때문이었다. 지금 이들이 보여주는 합격술은 나름 강호에서 살아남기 위한 몸부림의 결과물이었다.

연우심은 자신을 공격해 들어오는 섬서사흉의 도를 막아내며 말했다.

“조금 전의 공격은 힘을 이 푼 줄이고 쾌(快)에 좀 더 치중했어야지.”

어찌 보면 자신 때문에 일류고수에서 절세고수로 가는 길을 잃고 방황하는 섬서사흉에게 길을 알려주고 싶다는 생각을 하는 것은 연우심의 성정으로서는 당연한 것일지도 몰랐다. 하지만 섬서사흉에게 연우심의 조언은 가증스럽게만 들릴 뿐이었다.

분노해 휘두르는 네 자루의 도를 유유히 피하며 연우심은 계속해서 조언을 했다.

이원지는 분통이 터졌다. 스승의 원수가 바로 눈앞에 있는데 제대로 공격도 하지 못하고 조언이랍시고 떠드는 말을 듣고 있자니 피가 거꾸로 흐르는 것 같았다. 자신이 죽는다 하더라도 저 늙은이와 함께 죽어야겠다고 생각한 이원지는 자신을 위협하는 곰방대를 무시하고 한 발 내디디며 도를 휘둘렀다.

연우심은 이원지가 자신의 공격을 무시하고 도를 휘둘러 오자 깜짝 놀랐다. 평범한 곰방대처럼 보일지는 몰라도 그 안에 실린 내력은 사람을 죽이기에 충분한 힘이었기 때문이다.

곰방대를 거두려 하다간 자신이 크게 다칠 상황. 망설였지만 연우심은 결국 곰방대를 거뒀다.

이원지의 도가 연우심을 베고, 섬서사흉은 갑자기 일어난 상황에 일순 도를 멈췄다. 쓰러진 연우심의 몸에서 피가 흘러나오기 시작했다.

이원지는 연우심의 행동을 이해할 수 없었다.

"느, 늙은이가 노망이 났나! 그… 그렇지 않소, 형님?"

종필은 고개를 가로젓고는 연우심의 상세를 살폈다. 빠르게 지혈을 했으나 상처가 너무 깊고, 이미 흘러나온 피의 양이 적지 않았다.

종필이 연우심을 치료하는 것을 본 이원지는 종필에게 소리쳤다.

"사형! 지금 뭐 하시는 거요? 그 늙은이는 사부님을……!"

짝!

이원지의 말은 끝까지 이어지지 못했다. 종필은 이원지의 뺨을 때리고 말했다.

"우리가 졌다. 연 노야가 네놈을 살리기 위해 일부러 공격을 거둔 것임을 모른단 말이냐!"

이원지는 고개를 숙인 채 아무 말도 하지 못했다. 종필은 장삼을 시켜 적룡방주를 제압하게 하고 하객들을 돌아보며 소리쳤다.

"부탁이니 의원을 불러주시오!"

백담선생이 하객으로 자리한 것은 하늘이 도왔음인가? 백담선생이 연우심을 치료하는 사이 섬서사흉은 쓰러진 적룡방주와 장효기, 그리고 적룡방도들을 한데 모았다.

호칠이 적룡방 근처에 도착해 보니 정문에는 이미 적룡방도들이 진을 치고 있었다.

호칠은 저 정도 인원이라면 꽤나 귀찮을 것 같다고 생각하며 건물 사이에 몸을 숨겼다. 일단 몸을 최상의 상태로 만들어야 했다. 진기를 일주천(一週天)시키고 나니 달려오느라 들끓었던 기혈이 가라앉는 것이 느껴졌다.

정신이 맑아진 상태에서 생각해 보니 굳이 입구를 지키고 있는 녀석들을 쓰러뜨리고 들어갈 필요가 없다는 생각이 들었다. 입구에 저 정도의 인원이 있다면 다른 곳은 허술하다는 뜻. 은밀하게 몸을 놀려 적룡방 후원이 보이는 곳으로 이동했다. 땅을 박차고 담을 넘어 들어가 보니 생각했던 대로 아무도 없었다.

적룡방 내에는 그동안 서민들을 등쳐 먹으면서 돈을 제법 벌었는지 이런저런 건물이 제법 많았다. 호칠은 이 많은 건물들 중 장위충이 몸을 숨긴 곳이 어딜까 고민하던 중 장효기처럼 소매가 넓은 옷을 입은 장년인이 장위충을 대동하고 중앙의 건물에서 나오는 것을 보았다. 정문이 있는 방향으로 이동하는 동안 장위충은 불안한지 주변을 연신 두리번거리며 장년인을 따르고 있었고 소미는 혼례복을 입은 상태로 몸이 축 늘어져 장위충의 등에 업혀 있었다.

장년인은 소매가 넓은 것으로 미루어 짐작할 때 장효기의 사부 같았다. 보폭이 일정하고 몸의 중심이 굳건한 것을 보니 고수였다. 정면 대결로 승부를 장담하기 힘들 것 같다고 생각한 호칠은 기습을 하기로 마음먹고 몸을 움직였다. 호칠은 장년인보다 앞서 달려 장년인이 지나갈 길옆에 위치한 건물 모퉁이에 숨었다.

건물 벽의 그림자가 자신의 그림자를 가려주는 것을 확인한 호칠은 남은 것은 장년인이 오는 것을 기다려 제대로 한칼 먹여야 된다고 생각하며 기척을 숨겼다.

등에서 식은땀이 흘러내렸다. 심장 뛰는 소리가 들렸다. 상대가 고수라고 어울리지 않게 긴장한다고 생각하며 마음을 가볍게 하려 애썼지만 좀처럼 진정되지 않았다.

도를 잡은 손에서 땀이 고였다. 땀을 닦고 도를 고쳐 잡고 싶었지만 상대가 이미 가까이 온 것 같다는 생각에 중요한 순간을 놓칠까 하는 마음에 망설였다.

장년인이 불쑥 나타났다. 지척이었다. 두세 걸음이면 닿을 거리. 호칠은 두 손으로 도를 꽉 잡고 뛰었다.

하지만 장위충이 모퉁이 밖으로 모습을 드러낸 호칠을 발견하고 소리쳤다.

"앗! 저놈!"

장위충의 짧은 경호성에 장년인은 황급히 손을 들어 막았다.

'빌어먹을!'

도가 상대의 손을 뚫고 옆구리를 조금 파고 들어가다 멈추는 것이 느껴졌다.

호칠은 엄습하는 불안감에 도를 놓고 바닥을 굴렀다.

콰직! 하고 혼례를 위해 쓰고 있던 관모(冠帽)가 뜯어져 나가는 것이 느껴졌다.

호칠이 바닥을 박차고 일어서서 장년인을 바라봤을 때 그는 이미 오른손으로 옆구리에 박힌 도를 뽑고 있었다.

'제가 뽑아드릴게요' 라고 말하며 도와주고 도를 회수하고 싶다는 생각을 했지만 표정을 보아하니 그런 말이 통할 것 같지는 않아 보였다.

텅그렁, 하고 도가 바닥에 떨어졌다.

도를 뽑아낸 장년인의 옆구리에서 피가 솟구쳐 나왔지만 손을 움직여 혈을 몇 군데 짚자 곧 출혈이 멎어들었다.

바닥에 떨어진 도를 장위충이 호칠의 눈치를 살피며 걷어차자 도는 호칠이 숨어 있던 담벼락으로 미끄러져 들어갔다.

장년인이 오른손을 흔들자 소매 속에서 조가 튀어나왔다.

'장효기의 사부가 맞군. 한 손을 못 쓰고 옆구리에 부상을 입은 조의 고수와 멀쩡하지만 도가 없는 도객의 대결. 쉽게 점치기 힘든 승부인걸. 환락원 도박사들이 알면 환장하고 판을 벌이겠는데.'

호칠은 위험한 상황이 분명함에도 묘하게 차분해지는 자신에게 놀랐다.

호칠이 부서지고 남은 관모를 벗어 장년인에게 집어 던지고 도가 있는 방향으로 몸을 날리자 장년인은 싸늘하게 말했다.

"도를 집으면 이년을 죽여 버리겠다."

"…비겁한 놈 같으니. 어찌 무인이 아녀자를 인질로 잡고……."

장년인은 호칠에게 암습의 비겁함에 대해 구차하게 떠들지 않았다. 그저 조용히 소미의 목에 자신의 병기를 들이댔다.

호칠은 몸을 돌려 장년인에게 다가갔다.

장위충은 장년인이 정말 소미에게 해코지할까 두려운지 뒷걸음질치면서 장년인에게서 멀어지려 했다.

호칠은 장년인을 최대한 도발하려 했다. 잘 먹혀서 자존심 때문에라도 장년인이 자신에게 도를 집게 만들면 그때는 조금이지만 승산이 있다는 생각이었다.

'그게 안 되면 최소한 소미를 인질로 잡지 않고 일 대 일 승부를 걸게끔 만들어야지.'

"왜? 맨손이면 이길 수 있을 것 같은가 보지?"

"암습으로 이득을 좀 봤다고 어린 녀석이 기고만장하구나."

'말하는 걸 보면 일 대 일 승부로군. 그래도 도 집어 들고 덤비라는 소리를 안 하는 거 보면 오래 살 놈이네.'

호칠은 장위충을 힐끔 쳐다보았다. 장위충은 소미를 업은 채 장년인과 자신이 있는 곳에서 멀어져 건물 뒤로 숨고 있었다.

'이 자리에 계속 남아 있다가 위험에 처하는 것보다는 낫지만 역시 장위충 녀석이 내 눈앞에서 사라지는 건 불안한 걸.'

장년인은 계속해서 말했다.

"적어도 자기를 누가 죽였는지 정도는 알아야 염라대왕한테 가서 대답할 수 있겠지. 강호의 친구들은 나를 응왕(鷹王)

이라 부른다."

응왕(鷹王) 도상호(圖祥虎).

섬서에 근거지를 두고 있는 무인 중에서는 가장 유명한 이름이었다.

무공으로도 상당한 성취를 이뤄 사파에서 조를 다루는 무림인만 모아 강한 순서대로 줄 세우면 열 번째 안으로는 꼭 들어갈 만한 인물이었다.

호칠은 내심 잘못 걸렸다는 생각을 하며 침을 삼켰다.

응왕은 부상 입은 사람답지 않게 쾌속한 몸놀림으로 호칠을 덮쳐 왔다.

단순하게 위에서 아래로 내려찍는 공격이었지만 보통사람보다 머리 두 개 정도는 큰 도상호가 펼쳤기 때문인지 호칠에게는 마치 먹이를 잡기 위해 하늘에서 땅으로 떨어져 내리는 독수리의 모습처럼 보였다.

옆구리에 부상은 입은 채 오른손 하나만 가지고 공격하는 것임에도 그 속도가 쾌속하기 그지없어 호칠은 미처 피하지 못하고 호신강기를 일으키며 왼팔을 들어 막았다.

호칠은 조와 팔이 부딪치는 순간 상대의 힘을 거스르지 않고 스스로 몸을 튕겼다.

덕분에 팔은 끊어지지 않았지만 내장이 진탕되고 비릿한 게 자꾸 올라오려는 것이 느껴졌다. 내상을 걱정하며 몸을 일

으키는 순간 지면에 그림자가 지는 것을 보고 그 자세 그대로
뒤로 뛰었다.

도상호의 조 끝에서 경풍이 일어 땅이 파헤쳐지는 게 보였
다. 저 공격을 맞았더라면 하는 생각에 등골이 오싹해졌다.

도상호는 격하게 움직이면서 지혈이 풀린 탓인지 옆구리
에서 다시 피가 솟구쳐 올랐다.

도상호에게 암습으로 입혀놓은 부상이 생각보다 심한 것
을 본 호칠은 이대로 시간만 끌면 이길 수 있을 것이라는 생
각을 하며 말했다.

"독수리가 사냥을 하는 움직임 같네요. 제가 먹이인 것은
마음에 안 들지만요."

"요리조리 피하는 재주는 뛰어나군. 하지만 그걸로 끝이
다."

도상호는 손을 움직여 혈도를 짚어 지혈을 하며 대답했다.

건물 뒤에 숨어 있던 장위충은 도상호의 옆구리에서 피가
솟는 것을 보곤 불안해졌는지 소리쳤다.

"침입자다! 내원(內院)이다! 적룡방도들은 뭣들 하는 게냐!
침입자를 잡아라!"

'…시간 끌면 지겠군. 개자식! 처음부터 마음에 안 들었다
니까. 오늘 하나부터 열까지 전부 방해하는군. 정문에서부터
내원까지 전력으로 달려오면 반 각도 채 안 걸릴 텐데……'

호칠은 오른손으로 땅바닥을 훑어 모래를 움켜쥐었다. 웅왕은 허리의 지혈을 마치고 웃으며 말했다.

"이대로라면 내가 이겼군."

"글쎄, 과연 그럴까요?"

호칠은 말을 마치자마자 담벼락을 향해 냅다 달렸다.

'질 것 같으면 내빼면 되지!'

호칠은 연우심과 함께 올 생각으로 열심히 발을 놀렸다. 그런데 상처 입은 팔부터 심장까지 마치 개미에게 물어뜯기는 것처럼 따끔따끔한 것이 아닌가.

'이상한데? 가슴도 뻐근하고. 내상 때문인가?'

이놈! 하는 소리와 함께 웅왕이 뒤쫓는 소리가 들렸다.

호칠은 애써 무시하고 담벼락 위로 뛰어오르며 미리 손에 쥐었던 모래를 웅왕에게 뿌렸다. 모래가 눈에 들어간 웅왕의 공격은 허공을 훑었지만 조 끝에서 일어난 경풍은 호칠의 가슴을 쳤다.

경풍에 맞았을 뿐인데도 호칠은 가슴이 쩍 벌어지며 피가 흘러나오는 중상을 입었다. 하지만 얻어맞은 덕분에 담장 밖으로 더욱 쉽게 나올 수 있었다. 도망칠 수만 있다면 이득이라 생각하며 호칠은 몸을 일으켰다.

어질어질한 것이 위험했다. 한시라도 빨리 이 자리를 벗어나야 된다는 생각을 하며 초상비를 펼치려 했으나 내상이 심한 탓인지 진기가 움직이지 않았다.

호칠은 경공도 펼치지 않고 달렸다. 코피가 주르륵 흘러내렸다. 손으로 만져 보니 시커먼 것이 죽은피였다. 얼마 달리지도 않은 것 같은데 점점 다리에 힘이 풀렸다.

결국 호칠은 무릎이 꺾여 길바닥에 쓰러져 버렸다. 사람들이 모여드는지 발들이 보였다.

짚신, 혁피화(革皮靴), 비단신.

'한 짝씩 안 다니고 꼭 쌍쌍으로 붙어 다니는구만. 누구는 색시 뺏기고 요 모양 요 꼴인데. 내 신세는 짚신보다 못한 건가.'

비단신 한 쌍이 점점 커지는 것이 보였다. 멀어지는 의식 속에서 비단신의 주인이 자신을 부축하는 것을 느낀 호칠은 운 좋으면 살 수 있겠다는 생각을 하며 누군지는 몰라도 나중에 백마반점에 오면 만두 한 통 정도는 대접해야겠다고 마음먹었다.

第三章
수라발도(修羅拔刀)

하늘은 파랗고 바람도 선선하게 적당히 불었다.

호칠은 평소 같으면 벌써 뒷산에 올라 낮잠을 청할 만한 좋은 날씨라는 생각을 잠깐 했지만 곧 생각을 바꿨다.

'뒷산이 아니면 어떠랴, 이렇게 지붕에 누워 바람 쐬는 것도 각별한 것을.'

호칠이 사경을 헤매며 자리보전하다 일어난 것이 겨우 열흘 전이었다. 백담선생이 말하길 팔의 상처는 보기 흉한 것에 비해 별것 아닌데 내상이 심한 상황에 중독까지 돼서 꼼짝없이 죽을 줄 알았다고 말할 정도였으니 상세가 위중했음은 말할 것도 없으리라.

도상호가 호칠을 뒤쫓지 않은 것은 자신의 조에 발라놓은 독을 믿었던 탓이었다.

'아무리 사파라지만 나름 무림명숙이라는 놈이 자기 무기에 독까지 발라놓는 것을 보면 강호의 도가 땅에 떨어지긴 떨어졌군. 어찌 됐든 죽지 않은 게 어디냐. 할 일이 있는 사람은 쉽게 죽지 않는 법이지.'

호칠은 하늘에 떠 있는 구름이 문득 소미를 닮았다는 생각을 했다. 소미가 자신을 부르는 것 같은 착각이 들었다. 오빠— 하면서.

"…오빠!"

왕필의 시비가 호칠을 부르고 있었다.

호칠은 '누가 부르긴 불렀군' 이라는 생각을 하며 지붕에서 훌쩍 뛰어내렸다. 가슴이 은은하게 아린 것이 아직 내상이 다 낫지는 않은 모양이었다.

"주인 어른께서 객청으로 오라 하셨어."

"응. 고마워."

호칠은 곧바로 객청으로 향했다.

"찾으셨습니까?"

호칠의 말에 왕필은 안으로 들라 일렀다.

　호칠이 객청 안으로 들어서자 왕필이 붕대로 몸을 감싼 연우심과 바둑을 두고 있는 것이 보였다.

　왕필은 호칠을 한번 보고는 말했다.

　"조금 시간이 걸릴 것 같으니 앉아서 쉬고 있어라."

　"예."

　객청은 마치 왕필의 삶을 보여주는 듯 검박했다. 벽에 걸린 편액도 왕필이 직접 써서 건 것이었고, 가재도구들도 비싼 것은 쓰지 않았다. 수수하면서도 좋은 물건이 왕필의 취향이었다. 객청을 한 바퀴 둘러본 호칠은 차를 한 잔 따랐다. 은은한 다향이 콧속을 자극하고 담백한 차 맛이 입 안을 씻어주었다.

　호칠이 세 잔째의 차를 마실 무렵 왕필이 백돌을 집어 바둑판 위에 내려놓자 연우심의 입에선 한숨 섞인 투정이 흘러나왔다.

　"허어. 오늘도 양보해 주지 않는 겐가?"

　"껄껄. 무섭게 실력이 늘고 계시면서 형님도 엄살이 심하십니다."

　"그나저나 이런 좋은 바둑판은 어디서 구한 겐가? 왕 아우의 평소 성품과는 다른 듯하니 조금 의아함이 드는구만."

　"이 바둑판은 저의 조부님께서 직접 만들어 저에게 주신 바둑판입니다. 이곳 머리카락 같은 흔적이 보이시는지요."

　"호오. 그러고 보니 그런 흔적이 있구만. 근데 이게……?"

"조부님께서는 젊은 시절 취미 삼아 바둑판을 만들곤 하셨습니다. 그런데 어느 날인가 상품의 비자나무를 구해 바둑판을 만드시던 도중 그만 실수를 하시는 바람에 바둑판이 갈라지고 말았던 겁니다. 나무가 워낙 상품이었던 탓에 갈라지긴 했지만 버리기는 아깝고 사용할 수는 없었던 탓에 한쪽으로 치워두고 잊고 계셨는데, 저의 부친께서 이곳 낙양에 터를 잡기 위해 이사를 하려 준비하던 차 창고에서 이 바둑판이 나왔지 뭡니까. 조부께서는 자신이 젊은 시절 만들었다 깨어져 버려뒀던 바둑판이 절로 붙어 있는 모양을 보시고 어린 저에게 주시면서 말씀하셨지요."

"뭐라고 하셨는가?"

"한낱 바둑판도 깨어졌다 다시 붙는데 무릇 남자라면 역경을 딛고 일어설 줄 알아야 하지 않겠냐, 뭐 이런 말씀이셨지요."

"허허, 그래야지. 사내대장부라면 다시 일어서야 마땅하고말고."

연우심은 고개를 끄덕이며 왕필의 말에 맞장구를 쳤다.

"그런데 형님께선 몸은 괜찮으십니까?"

왕필의 물음에 연우심은 과장되게 신음을 흘리며 대답했다.

"아구구, 그저 죽겠네. 내가 몸이 멀쩡하면 지금까지 구들장 신세를 지고 있겠는가?"

"어서 쾌차하셔야 할 텐데……. 어이쿠, 그러고 보니 형님과 신선놀음을 즐기다가 그만 사위를 불러놓은 것도 잊고 있었습니다."

자신의 이야기가 나오자 호칠은 그제야 왕필에게 다가서며 말했다.

"찾으셨습니까, 어르신."

"그래, 몸은 괜찮은 게냐?"

"예. 신경 써주신 덕분에 많이 좋아졌습니다."

"그래, 네 녀석 몸 상태가 궁금하기도 하고, 어째 한집에 살면서도 얼굴 보기가 힘든 것 같아 얼굴이나 한번 보려는 생각에 불러보았다."

"진즉에 찾아뵈었어야 하는데……."

그 뒤로 몇 마디의 말을 더 나누고 객청에서 나온 호칠은 한숨을 푹 하고 내쉬었다. 차라리 대놓고 소미를 찾아오라고 닦달하는 쪽이 마음은 편할 것 같았다. 며칠 전에 노구식이 바둑판을 사 오는 것을 목격한 호칠로서는 눈에 뻔히 보이는 연극이 오히려 부담스러웠다.

연우심만 해도 그렇다. 한여름에 구들장은 무슨 구들장인가. 몸 다 나았으면 빨리 소미나 찾으러 밖으로 돌아다니라는 뜻이었다.

호칠도 생각없이 쉬고만 있던 것은 아니었다. 오늘이나 내일쯤 연락이 올 때가 되었다고 생각하며 기지개를 켰다.

자시 초 북망산 초입.

마치 별도 달도 오늘만큼은 쉬고 싶은 양 짙은 구름 뒤에 숨어 모습을 보이지 않았다.

호칠은 약속 장소에 도착해 안력을 돋우어 주변을 살폈지만 희미하게 윤곽이 구분되는 정도였다.

"이쪽이에요."

갑작스레 들려온 여인의 목소리에 호칠은 천천히 몸을 돌려 목소리가 들려온 방향을 쳐다보았다.

"약속 장소 정하는 취미 한번 고상하군."

"당신에게 정보를 제공한 게 저라는 것이 알려지면 손해가 크니까요."

"뭐, 그건 그렇고 지난번엔 고마웠어. 나중에 백마반점에 오면 만두 정도는 대접하지."

호칠의 말에 상대는 알았다는 듯 고개를 끄덕이고 말을 계속 이어나갔다.

"당신 부탁대로 도상호가 있는 곳을 알아냈어요. 자신의 근거지인 섬서로 도망쳤더군요."

"섬서라… 이곳으로 오기 전에 하오문에서 연락받은 사실

과 일치하는군. 혹시 도상호가 소미를 데리고 간 이유도 알아
냈나?"

"거기까지는 알아낼 수 없었지만 계속 데리고 움직이는 것
으로 미루어봤을 때 모종의 목적이 있는 것은 분명한 것 같아
요. 무엇보다 도상호 뒤에는 생각보다 큰 조직이 있어요. 그
조직 때문에 은밀히 만나자고 한 것이고요."

호칠이 반문했다.

"조직?"

"예. 정확히는 종교 집단이지만… 도상호는 두타교 혹은
백련교라 불리는 집단의 중요 인물 중 하나예요. 백련교는 처
음엔 그저 작은 민중 종교에 불과했지만, 최근 반원의 기치를
올리면서 나름 협객이라 불리는 인사들을 포섭하기 시작하더
니 지금에 이르러서는 군사 조직이라 해도 무방할 만큼 큰 조
직으로 성장했어요."

"백련교라. 들어본 적이 있군. 분명 북경을 중심으로 교세
를 확장 중인 신흥종교라 들었는데 당신이 조심해야 할 정도
인 건가?"

"백련교에 속한 인물들도 인물들이지만 백련교의 진정한
힘은 민초들의 지지예요."

"정보수집소의 진영이 조심해야 한다면 조심해야겠지."

놀랍게도 도상호에게 쫓겨 쓰러져 있던 호칠을 구한 비단

신의 주인은 진영이었다.

"왕 대협의 얼굴을 생각하면 더 도와드리고 싶지만 이쪽도 사정이란 것이 있어서요."

"아니야. 그 정도면 충분해. 도상호와 소미가 마지막으로 목격된 곳은 어디지?"

"섬서성 화음현(華陰縣)이에요."

호칠은 날이 밝자마자 왕필을 찾았다.

"소미가 있는 곳을 알았습니다."

"어… 어디에 있느냐?"

왕필은 그동안 내색은 하지 않았지만 마음고생이 심했었는지 목소리가 떨리고 있었다.

"화음현에 있다 합니다. 오늘 바로 준비해서 떠나도록 하겠습니다."

왕필은 오늘 바로 떠난다는 호칠의 말에 고개를 저었다.

"음, 혼자 가는 것은 아무래도 위험할 것 같구나. 실력있는 무사들을 고용해서 함께 가는 것이 좋을 듯하다."

"…돈으로 고용되는 무사 정도로는 도움이 되지 않을 것 같습니다. 개중에 뛰어난 자도 있다 하지만 지금 찾기에는 시간이 촉박합니다."

"연 대협께서 도와주실 수 있다면 좋겠지만 아직 거동이 불편하신 상태라 그러실 수도 없다. 아무리 도움이 되지 않는다 하더라도 네 녀석만 혼자 보낼 수도 없지 않느냐.”

직접 거론하지는 않고 있었지만 지난번 일전에서 도상호에게 패한 것을 염두에 두고 하는 말임이 틀림없었다. 호칠은 도상호와의 결전에서는 그다지 도움이 되지 않을 것이 분명하지만 왕필의 걱정을 덜어주기 위해서라도 왕필의 뜻대로 해야겠다고 생각했다.

호칠이 무사를 고용하는 대로 떠나겠다는 의사를 밝히려는 찰나 헛기침 소리와 함께 끼어드는 목소리가 있었다.

“어흠어흠, 힘쓸 사람이 필요하신 거라면 저희가 도움이 될 수도 있겠군요.”

갑작스레 나타난 흉악한 인상의 남자 넷.

섬서사흉이었다.

길을 떠날 준비를 마친 호칠과 섬서사흉은 왕가장 사람들의 배웅을 받았다.

이 은혜는 잊지 않겠다는 왕필의 말에 섬서사흉의 첫째인 종필은 손사래를 치며 해야 할 도리를 하는 것이라며 너스레를 떨었고, 노구식을 비롯한 왕가장의 식솔들은 호칠에게 반드시 소미 아가씨를 구해오라는 말을 했다.

연우심은 몸이 낫는 대로 자신도 뒤쫓아가겠다 하며 호칠에게 자신의 애병인 뇌전신도(雷電神刀)와 검은색의 동그란 패(牌)를 건네주었다.

연우심은 병기점에서 파는 도보다는 쓸 만할 것이라 말하며 건넸지만 당치도 않은 말이었다. 뇌전신도라면 호사가들의 입에 오르내리는 신병이기 중 하나로 벽조목(벼락 맞은 대추나무)과 만년한철, 그리고 교룡의 가죽으로 만들어진 절세의 보도였다.

또한 함께 받은 패 역시 호신과 피독의 효능이 있는 보물로 무림인이라면 누구라도 갖고 싶어할 만한 물건이었다.

그러한 두 가지 물건을 별것 아닌 양 내어놓는 연우심의 태도에서 호칠은 스승이 자신을 아끼는 마음을 느낄 수 있었다.

이별은 짧을수록 좋은 법.

호칠과 섬서사흉은 모두의 바람을 짊어지고 말에 박차를 가했다.

호칠은 섬서사흉과 함께 길을 가게 되면서 그들이 하나같이 흉악한 별호를 지니게 된 사연을 들을 수 있었다.

사실이라면 제법 딱하고 억울할 법한 사연이었다.

사흉(四凶)의 첫째인 종필은 원단에 폭죽을 터뜨린 것—중국에서는 정월 초하루에 악귀를 쫓는 의미로 폭죽을 터뜨림—이 하필이면 근처 상가(商家)로 떨어지면서 불이 붙었다. 그 정도면 재수가 없는 정도로 끝날 수 있었겠지만 종필의 불운은 거기서 끝이 아니었다. 한번 붙은 불은 순식간에 큰불로 번지며 주변 상가에 전부 옮겨 붙었고, 어찌해 볼 틈도 없이 거리 하나가 통째로 불타 버렸다. 그 이후 종필은 방화마라는 별호를 얻게 되었다.

둘째인 고가는 원래 야차도(夜叉刀)라는 제법 그럴듯한 별호를 가지고 있었는데 좋은 일 한번 했다가 졸지에 채화음적이라는 낯뜨거운 별호로 바뀐 경우였다.

고가는 우연히 한밤중에 야행복을 입은 괴인이 처녀를 납치하는 것을 보고 뛰어들어 구했다.

처녀가 납치당하는 것을 보고 뒤쫓아온 처녀의 가족들은 오히려 고가가 처녀를 납치한 사람일 거라 생각했고, 야행인이 도망친 상황에서는 고가가 아무리 사정을 설명해도 아무도 믿어주지 않았다. 그리고 상황이 고가를 범인으로 몰아가려는 듯 당시 섬서성과 그 주변 마을에서 잦았던 처녀 납치사건이 고가가 음적(淫賊)으로 몰림과 동시에 거짓말처럼 뚝 끊긴 것이었다. 증거가 없어 관에 잡혀 들어가지는 않았지만 별호가 채화음적으로 바뀌는 것은 막을 수 없었다.

셋째 장삼은 더욱 기가 막혔다.

도객(刀客)이라면 좋은 도를 보면 욕심이 나는 법, 도방(刀房)에서 좋은 도를 팔고 있는 것을 본 장삼은 쌈짓돈을 털어

샀다. 도를 사면 휘둘러 보고 싶은 것이 또 사람 마음인지라 장삼은 도집에서 도를 꺼내어 만져 보기도 하고 휘둘러 보기도 하면서 골목길을 걸었다.

잘못이라면 흉악한 얼굴로 도를 휘두르며 걸었던 것이리라. 장삼과 마주친 한 행인은 장삼의 그러한 모습에 지레 겁을 먹고 전낭을 내던지며 줄행랑을 쳤다. 그 소문이 퍼져 장삼은 도 든 도적, 즉 강도가 되어버린 것이다.

막내인 이원지는 자신의 사형들과는 조금 달랐다. 어찌 보면 인도부라는 별호만큼 이원지에게 잘 어울리는 별호는 없었다. 사정을 들어보면 독하기가 사흉의 나머지를 다 합친 것보다 더한 독종에 인간백정이라는 별호가 붙을 수밖에 없었다.

이원지의 아버지 이백은 낙방수재였다. 원나라 통치하에 능력있는 한인이 대우받지 못한 것이 어디 하루 이틀 일이던가? 관직에 진출하지 못한 이백은 마을에서 제법 사는 집 아들의 독선생이 되어 글을 가르쳤다.

문제는 그 집의 첩과 간통이 났다는 소문이 돌면서 이백은 독선생 자리에서 쫓겨났고, 그러한 소문이 사실이든 아니든 마을에서는 더 이상 이원지의 아버지를 글선생으로 데리고 가려 하지 않았다.

계속해서 자신의 결백함을 호소하던 이백은 결국 화병에

걸려 죽어버렸고 얼마 지나지 않아 이백과 간통이 났다는 소문의 첩은 그 집 머슴과 야반도주를 해버렸다. 간통은 사실이었으나 상대가 이백은 아니었던 것. 진실은 밝혀졌지만 죽은 사람은 돌아오지 않았다.

일 년 뒤 천지마도의 눈에 띄어 제자가 된 이원지는 복수의 일념으로 무공을 배웠고 그 성취는 놀라웠다.

오 년이란 시간이 지나고 이원지가 살던 마을 사람들이 이백의 일을 잊어갈 무렵 이원지는 돌아왔다.

자신의 아버지를 내친 부호의 머리를 베어 들고 집집마다 방문해 자신의 아버지의 결백함을 호소해 흉명을 떨친 이원지는 일 년 뒤 야반도주한 첩과 머슴을 찾아내 죽이며 인도부라는 별호를 굳혔다.

"그럼 화산파 제자를 살해했다는 것도 헛소문인가요?"

호칠의 물음에 첫째인 종필은 한숨을 내쉬고는 대답했다.

"그렇지. 시비가 있긴 했지만 죽이지는 않았다네."

"그럼 왜 그런 소문이 났는데요?"

"자초지종을 설명하자면 좀 기네. 우리 형제들의 사부님께서 연 노야와 비무를 하신 건 알고 있는가?"

사정을 들은 바 없는 호칠이 고개를 가로저으며 들은 적이 없다 말하자 종필은 자세히 설명을 하기 시작했다. 결국 내상

의 후유증으로 천지마도가 죽었다는 이야기를 들은 호칠은
그제야 연우심이 섬서사흉과의 대결에서 상처를 입고 패했는
지 이해할 수 있었다.

"지금 생각해 보면 부끄러운 일이네. 연 노야께는 그저 죄
송스러울 뿐이야. 제자가 되어 스승의 이름에 먹칠을 한 꼴이
지. 정당한 비무에 승복하지 않는다면 어찌 무인을 자처하겠
는가."

말은 쉽지만 실제로 그렇게 행동하는 것은 쉽지 않은 일일
터. 호칠은 종필의 그릇이 자신의 생각보다 크다고 느꼈다.

"우연히 스승님의 심득이 화산에 있다는 소문을 접하게 되
었다네. 스승님께서 연 노야와의 비무를 앞두고 화산에 머물
며 무공을 가다듬으신 일이 있었기 때문에 헛소문이라 생각
하면서도 일말의 희망을 갖고 화산으로 갔지. 역시나 별다른
소득 없이 시간만 낭비한 우리는 객잔에 들어갔는데 어찌 된
일인지 화산파의 제자가 그곳에 있었다네. 그리곤 다짜고짜
시비를 걸어왔지."

"뭐라고요?"

종필은 쓰게 웃으며 말했다.

"흉악하게 생긴 걸 보니 악한 무리임에 틀림없다는 것이었
지."

호칠은 자신도 섬서사흉을 처음 봤을 때 악당이라고 생각

했던 것을 떠올리며 찔끔했으나 내색하지 않고 다시 물었다.

"그런… 화산파의 제자가 확실한 겁니까? 화산파는 오래전에 봉문한 걸로 알고 있는데요."

"나도 처음엔 이상하다 생각했지만 나중에 알아보니 무림의 일에 관여하지 않을 뿐 화산 근처에서는 의외로 화산파의 제자들이 돌아다닌다더군. 청년과 함께 있던 곤륜파의 도사가 나서 화산파의 제자임을 보증해 주었으니 더 이상 의심할 수는 없었지. 이상한 것은 오히려 봉문한 화산파의 제자가 곤륜 도사와 함께 다닌 것이었지만 그때는 생각지 못했지. 아무튼 무림의 후배와 드잡이질을 하기 싫은 마음에 이렇게 말했다네."

종필은 마구잡이로 자란 텁수룩한 수염을 관운장의 미염이라도 되는 양 쓰다듬으면서 제법 점잔을 빼며 재연해 보였다.

"'보아하니 화산파의 소협 같으신데 어찌하여 사람을 얼굴만 보고 판단하시오! 모욕을 생각하면 당장이라도 비무를 청함이 마땅하나 소협은 아직 공부(工夫)가 부족해 보이니 나중에 사문의 존장에게 허락을 득하고 오신다면 정당한 비무를 통해 남은 이야기를 하도록 하겠소.' 그러자 곤륜파의 도사도 괜한 시비가 이는 것을 원치 않았는지 청년을 데리고 자리를 떠났다네."

“그걸로 끝이에요?”

“그렇지. 우리는 다음날도 사람들에게 스승님의 행적을 묻고 심득을 찾기 바빴지. 그런데 갑자기 뭐 섬서사흥이 화산파 제자를 죽였다. 같이 있던 곤륜파의 도사가 봤는데 못 잡았다. 곤륜파 도사도 부상 입었다. 이런 소문이 돌더군. 어찌해야 하나 고민하고 있는데 어떻게 알고 찾아왔는지 도상호가 찾아와 자신과 함께 낙양에 가자고 하더군. 화산파와 문제가 생긴 상황에서 스승님의 심득을 찾는 것도 힘들 것 같아 도상호를 따라 낙양까지 가게 된 거라네. 도상호의 소개로 두어 달 정도 적룡방에서 신세를 졌다네. 적룡방주가 부탁이 있다고 해 신세도 갚을 겸 따라갔는데 하필 그곳이 자네 혼례식이었을 줄이야. 늦은 감이 있지만 미안하게 생각하네.”

“뭘요. 이렇게 도와주시는 걸로 없었던 셈치도록 하죠.”

호칠이 웃으며 대답하자 종필도 마주 웃었다.

“그런데 도상호가 어떻게 알고 나타났을까요? 제가 가진 정보에 따르면 도상호가 백련교의 중요 인물 중 하나라고 하는데, 혹시 그것과 관련이 있는 것은 아닐까요? 형님들 일은 이래저래 수상쩍은 게 많아요. 심득이 있다는 소문부터 시작해서……”

“나도 수상하다고 생각했지만 지금으로선 방법이 없으니 우선 도상호를 잡아야 모든 의문이 풀릴 것 같네. 그건 그렇

고 도상호가 백련교의 인물이라. 나로선 금시초문이지만 그
럴 수도 있다는 생각이 드는군.”

호칠은 잠시 조용히 말을 몰다가 갑자기 생각났다는 듯 입
을 열었다.

“사실이 그렇지 않다 하더라도 화산파에서는 형님들이 자
신들의 제자를 살해했다고 생각할 텐데 화산파가 지척인 화
음현에 가도 괜찮으시겠어요?”

“지금 생각해 보면 그때 도상호를 따라 낙양으로 오는 것
이 아니었네. 스스로 떳떳한데 무엇이 무서워 피했는
지…….”

종필이 조금 후회스러운 듯이 말하자 지금까지 묵묵히 있
던 이원지가 입을 열었다.

“우리가 입으로 결백을 주장해도 믿지 않고 핍박해 온다면
그저 싸우면 그만이다.”

“그렇지.”

장삼이 이원지의 말에 맞장구치며 말했다.

“그건 그렇고 오늘은 노숙을 해야 될 것 같습니다, 대사
형.”

“그러면 적당한 곳이 나오면 바로 쉬도록 하자.”

종필의 대답이 있고 얼마 지나지 않아 폐가가 나타났다.

섬서사흉은 노숙 경험이 많았는지 순식간에 불을 피우고

자리를 만들었다. 심지어 고가는 자리를 뜨더니 반 시진도 지나지 않아 토끼 두 마리와 꿩 한 마리를 잡아 나타나기까지 했다.

장삼은 껄껄 웃으며 놀라고 있는 호칠에게 작은 사형은 사냥꾼 출신이었다는 이야기를 해주었다.

고가는 능숙한 솜씨로 토끼의 가죽을 벗기고 내장을 들어냈다. 남은 부분을 꼬치에 꿰어 소금을 뿌려 돌려가며 굽자 얼마 지나지 않아 노릇하니 익는 냄새가 나기 시작했다.

장삼은 뒷다리를 찢어내어 종필에게 건네었다. 호칠도 한 점 떼어내 먹어보니 별다른 양념을 하지 않고 소금으로만 맛을 낸 것이라곤 믿어지지 않는 맛이었다.

장삼이 술이 없는 것이 아쉽다는 소리를 하며 한 마리를 통째로 집어 드는 순간 어둠 속에서 인영이 불쑥 나타나며 말했다.

"술이라면 제게 있소만, 한자리 끼어도 되겠소?"

떠들고 있는 와중이었다지만 지척에 이르도록 인기척을 느끼지 못한 것을 보면 수준에 이른 무인이 분명했다.

중키에 훤칠한 기도, 짙은 눈썹에 부리부리한 눈.

상대를 잠시 바라본 종필이 자리에 앉기를 정중히 권하자 사내는 밝게 웃으며 자리에 앉았다.

"멀리서 불빛을 보고 결례인 것을 알면서도 저도 모르게

발길을 옮겼습니다. 여행길에 혼자 하는 노숙만큼 심심한 것
도 없죠."

사내는 넉살 좋게 몇 마디 말을 늘어놓고는 행낭 안에서 술
병을 꺼내었다. 사내가 꺼내놓은 술이 몇 순배 돌고 나자 자
연스럽게 소개가 이어졌다.

"소개가 조금 늦었지만 인사드립니다. 안휘성 출신의 곽자
홍이라 합니다."

사내가 일어나 포권하며 자신을 밝히자 호칠을 제외하고
는 모두 놀란 표정을 지었다.

곽자홍이라 자신을 밝힌 사내는 안휘성에서는 제법 이름
이 있는 협객으로 성격이 호방하고 사람 사귀기를 좋아하는
인물로 알려져 있었다.

"곽 대협이시군요. 이름은 많이 들었습니다. 본인은 종필
이라 하외다."

종필이 마주 포권하며 자신을 밝히자 이번에는 곽자홍이
놀랐다.

명성이라면 명성이겠고 흉명이라면 흉명일 것이다. 섬서
사흉 또한 강호에서 제법 이름을 날리는 무인, 곽자홍은 고개
를 끄덕이며 말했다.

"섬서사도 여러분이셨군요."

섬서사도라. 섬서사흉을 높여 부르는 말일 터.

섬서사도라는 말에 기분이 좋아진 장삼은 곽자홍을 자신의 옆으로 끌어 앉히며 이런저런 이야기를 나누기 시작했다.

어느 정도 분위기가 무르익자 곽자홍은 사뭇 진지한 얼굴로 말을 꺼내었다.

"갑작스럽지만 지금 세상에 대해서 어떻게들 생각하시오?"

곽자홍의 말에 종필과 이원지는 눈빛을 빛냈으나 장삼은 아무 생각 없이 말하기 시작했다.

"어떻긴 어때, 엉망진창이지."

"세상을 바꿀 수 있다면 어찌하시겠소?"

장삼도 그제야 심상치 않은 분위기를 눈치 챘는지 슬그머니 종필을 쳐다보았다.

"무슨 의도로 그런 말씀을 하시는 건지 모르겠소이다."

종필의 말에 곽자홍은 답답하다는 듯 언성을 높이며 말했다.

"원나라의 운은 이미 끝났소. 근자에 들어 알 수 없는 역병이 돌고 황하가 범람하고 있는 것을 모르시오? 그것뿐이라면 말을 하지도 않소. 황제란 자는 여인의 치마폭에 싸여 국정을 등한시하고, 요사한 라마승들의 꾀임에 넘어가 방중술을 탐닉하고 불사를 남발하니 어찌 백성들이 편히 살 수 있겠소."

"반란을 하고자 하는 것이오?"

"이제 곧 흑암은 가고 광명이 올 것이오. 무엇을 숨기겠소. 이 곽모는 백련교의 사도로 새로운 세상을 여는 데 앞장서고 있소."

돌려 말하기는 했지만 반역의 의도가 분명한 말이었다.

호칠은 백련교라는 말에 혹시라도 도상호를 쫓고 있는 것이 알려질까 걱정해 재빨리 끼어들었다.

"시간만 있다면 새로운 세상을 여는 데 동참하고 싶지만 지금은 갈 길이 바빠서 힘들겠군요."

곽자흥은 호칠을 한번 바라보더니 걱정없다는 투로 말을 이었다.

"볼일이 끝나면 언제라도 찾아오게나. 안휘 정주에서 내 이름을 대면 곧 만날 수 있을 걸세."

강호에서 잔뼈가 굵은 섬서사흥은 호칠이 이야기에 끼어드는 순간 도상호에 대한 것을 비밀로 하려는 것을 눈치 채고 도상호에 대한 부분은 아예 언급조차 하지 않았다.

그 뒤로도 이런저런 이야기를 나누다가 잠자리에 든 일행은 날이 밝자 곽자흥과 이별하고 다시 화산행에 올랐다.

"곽자흥이란 사람, 기회가 된다면 제대로 사귀어보고 싶은 인물입니다. 성격이 호방하고, 백성을 살피려 하니 협객을 자처함에 부족함이 없는 사람이지 않습니까?"

"이번 일이 잘만 풀린다면 새로운 세상을 열기 위해 사는 것도 나쁘지 않을 것 같구나.”

이원지가 곽자흥을 칭찬하자 종필은 웃으며 대답했다.

종필의 기대와 걱정이 섞인 말은 관도를 타고 울려 퍼졌다.

화산(華山).

돌로 이루어진 산에 어째서 화(華)라는 이름이 붙은 것인
가.

그 이유는 봉우리에 있었다.

하나의 암석이 하나의 봉우리를 이루고 있는 화산은 그런
거대한 봉우리들이 모여 한 송이의 꽃의 형상을 만들어내고
있었다.

장엄하면서도 아름다운 그 모습은 왜 화산이 중원오악 중
하나로 꼽히는지를 단적으로 보여주고 있었다.

그러한 화산의 산자락에 위치한 탓인가. 객잔은 이름부터
화산객잔이었다.

객잔 안에 들어선 장삼은 제법 허기가 졌었는지 점소이가
차를 내어오기도 전에 무엇을 먹을지 고민하기 시작했다.

“뭘 먹을까요? 동파육? 궁보계정(宮保鷄丁)?”

호칠은 장삼의 말에 웃으며 말했다.

“장 대협께서 드시고 싶은 거 다 주문하셔도 돼요. 어르신
이 먼 길 간다고 노잣돈을 두둑이 챙겨주셔서요.”

"그래? 그럼 동파육이랑 궁보계정. 적당히 소채랑 탕요리도 갖고 오고."

어느새 가까이 다가온 점소이가 주문을 받아가고 얼마 지나지 않아 전채가 나왔다.

전채로 나온 냉채는 시원한 것이 지금 같은 한여름에는 더할 나위 없는 별미였다.

이 정도로 시원한 냉채를 낼 수 있는 비법이 궁금해진 호칠은 점소이를 불러 물었지만 비밀이라는 대답밖에 돌아오지 않았다.

냉채가 어느 정도 줄어들자 동파육이 나오고 곧이어 탕이 나왔다.

기다렸던 요리가 나오자 장삼은 무슨 걸신이 들린 것처럼 바쁘게 젓가락을 놀렸다.

동파육을 한 점 맛보고 감탄한 호칠은 섬서사흉에게 설명을 하기 시작했다.

"원래 동파육을 제대로 하려면 하루가 꼬박 걸린다지만 보통은 이렇게 미리 준비한 양념에 요리해서 내는 법이지요. 그 짧은 시간 동안 맛을 내는 것이 곧 실력의 척도라고 할 수 있어요. 이곳의 동파육은 양념도 잘 배어 있고 고기도 부드러운 것이 입 안에서 살살 녹지 않습니까? 이 정도면 어느 곳을 가더라도 일류 대접을 받을 수 있는 숙수예요."

"예끼 이 녀석, 냉채 먹고는 비법 물어보고 고기 한 점 집어 먹고는 설명하기 바쁘니 누가 반점에서 일하는 거 모를까 그러는 게냐?"

지난 며칠 동안 호칠과 친해진 종필이 거리낌없이 농을 걸자 호칠은 크게 웃으며 대꾸했다.

"얼마 전만 해도 점소이 생활 그만둘까 했는데 이런 걸 보면 천직인 것 같네요."

"이놈 호칠아, 이왕이면 술도 한잔 사는 게 어떠냐?"

장삼은 어느 정도 음식이 들어가자 이번에는 술이 고팠는지 입맛을 다시며 말했다.

"그래요? 어떤 걸로 시키죠?"

"뭐 아무거나 시키면 되지, 일일이 물어보고 그러냐."

"서봉주(西鳳酒)로 하자."

호칠과 장삼이 말을 나누는데 지금까지 잠자코 있던 이원지가 입을 열었다.

호칠이 점소이를 불러 서봉주를 달라 하자 점소이는 눈을 빛내며 떠들기 시작했다.

"이야, 뭔가를 아는 손님들이시군요. 섬서에 오셨다면 역시 서봉주를 드셔보셔야지요. 일찍이 소동파(蘇東坡)가 말하지 않았습니까. '유림의 술이 빼어나고 동호의 버들이 아름답다[柳林酒東湖柳]'. 여기서 유림의 술이 바로 서봉주를 말하는 것입지요. 소동파가 사랑한 동파육과 서봉주라니. 캬, 좋은 궁합입니다.”

점소이가 무언가 더 말하고픈 눈치였지만 장삼이 눈을 한 번 부라리자 찔끔하며 금방 가져오겠다는 말과 함께 뒷걸음질쳐 사라졌다. 그 모습을 보고 장삼은 말이 많은 녀석이라며 작게 툴툴거렸다.

덩치가 산만 한 장삼이 어울리지 않게 작은 목소리로 투덜대는 것을 보곤 장삼을 제외한 모두는 크게 웃고 말았다.

처음에는 한 병 주문해서 마시기 시작했지만 장정 다섯이 마시기에는 터무니없이 적은 양이었던 탓에 몇 순배 지나지 않아 동이 나고 말았다.

입맛을 쩝쩝 다시는 장삼 때문에 결국 한 병 더, 한 병 더 하다 보니 어느새 중간부터 자제를 해 마시지 않은 종필과 호칠을 제외하곤 모두 거나하게 취해 몸을 제대로 가누지 못했다.

결국 길을 떠나기에는 시간이 늦기도 했기에 방을 하나 빌려 쉬기로 했다.

잠을 청하려 자리에 누웠지만 술이 들어간 탓인지 호칠은 자신도 모르게 한숨이 흘러나왔다.

그러자 잠든 줄 알았던 종필의 목소리가 들려왔다.

“그동안 밝은 모습을 보이려고 무리한 게로구나. 너무 격정 말거라. 도상호, 그놈도 뭔가 이유가 있어서 납치를 해간 것일 테니 함부로 다루지는 않았을 것이다.”

안심시키려고 한 말일 테지만 호칠의 마음은 쉽사리 가벼워지지 않았다.

다음날 아침.

호칠은 몸이 무거운 것을 느끼며 눈을 떴다. 머리도 아프고 갈증이 나는 것을 보면 숙취였다.

‘끝맛이 깔끔해서 숙취가 없을 줄 알았더니만 아니었군.’

다른 사람들은 아직 일어나지 않은 것을 확인한 호칠은 눈을 감고 조심스레 운기를 시작했다. 몸과 정신을 깨끗하게 해준다는 태청심공의 묘용인가? 땀과 함께 주정이 배출되고 호칠의 몸 주변으로 하얀 서기가 나타났다 사라졌다. 다시 눈을 뜬 호칠에게서 지난밤 술자리의 흔적은 더 이상 찾아볼 수 없었다.

“나이를 생각한다면 믿을 수 없는 성취로구나.”

“그러게 말입니다. 제 눈으로 보지 않았으면 믿지 못했을 겁니다.”

어느새 일어나 호칠이 운공하는 모습을 지켜본 섬서사흉은 한마디씩 하기 시작했다.

“너 무슨 구환단을 밥 대신 먹고 자랐냐? 아니면 벌모세수라도 받았어?"

장삼이 농담처럼 물어오자 호칠은 머리를 긁적이며 대답했다.

"어린 시절 연이 닿아서 공청석유를 먹었거든요."

호칠의 말에 다른 사람들은 알았다는 듯이 고개를 끄덕였지만 장삼은 영약이 좋긴 좋다는 둥 맛은 어땠냐는 둥 호칠을 귀찮게 했다. 종필은 장삼에게 조용히 하라고 한 후 다시 호칠에게 말했다.

"다른 사람과 한 방에 있는 상황에서 운기를 하는 것도 위험하거니와 우리들이 일어난 기척을 느끼지도 못할 만큼 깊이 운공을 하는 것은 더욱 위험한 일이다. 앞으로는 조심해야 할 것이야."

종필은 나름 엄하게 말했으나 호칠은 대수롭지 않다는 듯 웃으며 대꾸했다.

"호법 서주신 셈치세요."

이 말은 호칠이 섬서사흉을 남이라고 생각하지 않는다는 뜻. 알고 지낸 지 오래된 것도 아니고 처음 만났던 상황도 가히 좋게 만난 것이 아닌 사람들을 믿는 것도 문제가 있었지만 호칠의 뜻을 이해한 종필은 더 이상 왈가왈부하지 않았다.

조반을 먹기 위해 객실 문을 연 호칠은 검을 패용(佩用)하고 매화가 수놓인 무복을 입은 청년들이 점소이의 안내를 받아 계단을 올라오고 있는 것을 보았다.

매화 문양이라면 두말할 것도 없이 화산파.

어제 시끄럽게 술을 마시고 논 것이 화근이었다.

'화산파가 지척인 곳에서……'

자신의 행동이 어리석었다고 생각하는 호칠이었다. 일단 마주치면 좋게 끝날 리는 없었다. 재빨리 물러서 문을 닫은 호칠은 작지만 분명한 목소리로 말했다.

"화산파에서 사람이 왔어요."

호칠의 말이 끝나기가 무섭게 고가는 벽에 기대어 창문 밖을 내다보곤 인상을 찡그리며 말했다.

"세 명이 있다. 어느 쪽이 쉬울 거 같아?"

창문으로 도망치는 것과 밑에서 올라오고 있는 쪽을 상대하는 것 중 어느 것이 쉬울 것 같냐고 묻는 것이었다.

"도망치지 않는다."

이원지가 입을 열었다.

'결백하다 말하고 믿어주지 않는다면 싸운다.'

호칠은 속으로 인도부다운 발언이라고 생각했지만 입 밖으로 내지는 않았다.

똑똑.

문을 두드리는 소리가 나고 곧이어 젊은 남자의 목소리가 들렸다.

“기침하셨는지요.”

누구냐고 물으며 문을 열자 호칠이 조금 전에 보았던 화산파 제자들이 서 있었다.

그중 안광이 유독 빛나는 이십대 후반의 청년이 호칠의 어깨 너머로 섬서사흉을 발견하곤 다짜고짜 물었다.

“섬서사흉이 맞는가?”

조금 전 공손하게 기침했느냐고 묻던 사내와 동일 인물이라고 믿어지지 않는 냉랭한 목소리였다.

“맞소만.”

“그렇다면 본 파로 함께 가줘야겠다.”

“무슨 이유로 귀 파에서 우리 형제들을 초대하려 하는지 알 수 있겠소?”

“정녕 몰라서 묻는 것인가?”

“모르겠소만.”

“지난 사월 화산파의 제자인 현정을 살해하지 않았는가?”

“하지 않았소.”

청진은 당혹스러웠다. 당당하게 자신들이 흉수가 아니라고 말하니 더 이상 할 말이 없었던 것이다.

“어, 어찌 됐든 본산에 가면 진실이 밝혀질 것이다.”

“우리에게도 사정이란 것이 있소. 볼일을 마치고 나면 화산파로 찾아갈 것을 약속하겠소.”

“그 말을 어찌 믿으란 말인가!”

“어찌하면 믿겠소?”

“당신들의 사정이 어떻든 본 파 제자 시해의 혐의가 있으니 우선 우리와 동행해야겠다.”

종필은 길게 한숨을 내쉬고 입을 열었다.

“아무래도 좋게 해결보기는 힘든 것 같구려.”

종필의 말이 끝나기 무섭게 이원지는 도를 뽑아 들었다.

“흥, 이제야 본색을 드러내는군.”

청풍이 검을 뽑아 들며 말하자, 화산파의 제자들도 일제히 검을 뽑아 들었다. 이에 맞서 섬서사흉의 나머지도 도를 뽑아 들자 장내는 일촉즉발의 긴장감이 돌았다.

“저기요, 여기서 싸우면 객잔 사람들한테 민폐거든요? 나가서 싸우죠.”

분위기에 어울리지 않는 호칠의 한마디였다.

아직 정오도 되지 않은 시간이었지만 날은 벌써 후텁지근했다. 멀리서는 어른어른 아지랑이가 올라오는 것이 보이기도 했다.

‘정말 칼부림하기엔 좋지 않은 날씬데……’

호칠은 여전히 각기 병장기를 빼어 들고 대치 중인 두 무리를 바라보곤 한숨이 절로 나옴을 느꼈다. 객잔에서 호칠의 한

마디 이후로 묘하게 긴장감이 풀린 두 무리는 검과 도를 손에
든 채 터벅터벅 걸어 외진 곳까지 걸어온 상태였다. 이제 와
선 '시작!' 이라고 말하고 싸울 수도 없는 애매한 상황이 되어
버렸다.

어색한 분위기를 깨려는 듯 호칠이 물었다.

"그런데 화산파에서 무슨 증거가 있긴 있는 겁니까?"

"그 당시 동행했던 운기자라는 분이 증언을 해주셨다."

"섬서사… 가 흉수라고 했습니까?"

호칠은 차마 섬서사흉이라는 말을 내지 못하고 얼버무렸
다.

"그렇다. 그날 밤 암습을 가해왔다고 하셨지."

청진의 대답에 호칠은 일이 꼬여도 단단히 꼬였다는 생각
이 들었다. 도대체 무슨 일이 있어 운기자라는 도인이 섬서사
흉을 흉수라고 생각하게 됐는지는 모르겠지만 음모가 있는
것은 분명해 보였다. 애초에 천지마도의 심득이 있다는 말로
불러낸 것도 의심스러웠고, 도상호가 섬서사흉 앞에 나타난
시기도 너무 절묘했다.

"더 이상 할 말이 없다면 순순히 따르는 것이 어떤가? 정말
결백하다면 거리낄 것이 없잖은가. 본 파의 어른들께서 옳은
판단을 내려주실 것이다."

청진이 말하는 모습을 보면 별로 옳은 판단을 할 것 같지는

않았다.

"아까도 말했다시피 이쪽도 사정이란 것이 있어서요. 나중에 찾아간다 말해도 믿어주지 않으니 어쩔 수 없네요. 그런데 그쪽이 사람이 훨씬 많은데 정파에서 협공을 하지는 않을 테고……."

교묘하게 말끝을 흐렸지만 그 뜻을 못 알아들을 청진이 아니었다. 확실히 청진 일행은 여덟 명으로 수에서 우위를 점하고 있었다. 그렇다고 비무를 통해서 결정을 한다면 섬서사흉을 당해내지 못할 것이 분명했다.

사실 대화를 할 거라고는 생각지도 못한 청진이었다. 섬서사흉이냐고 다그치면 상대는 도를 뽑아 들고 도망칠 거라고 생각했다. 그러면 자신 쪽에서는 문도를 살해한 흉수를 쫓는 것이기에 협공이라는 형태가 되어도 문제가 되지 않았겠지만, 이렇게 대치한 상황에서는 또 얘기가 달랐다. 화산파의 이름에 누가 될 수 있는 것이다.

고민하고 있는 청진을 도와라도 주려는 듯 호칠은 빙긋 웃으며 제안을 했다.

"그렇다면 이건 어때요?"

"말하게."

"저와 누군가가 비무를 하고, 양쪽 모든 사람들은 그 결과에 승복하는 거예요."

청진은 섬서사흉보다는 호칠을 상대하는 것이 낫겠다고
판단했다. 자신이 태어나기 전부터 무공을 익혔을 섬서사흉
보다는 호칠이 상대하기 쉬워 보였기 때문이다. 무엇보다 청
자 항렬 중에서 뛰어난 무위를 인정받아 매화검수의 수좌가
된 자신 아닌가. 동년배로 보이는 호칠에게 패하는 일은 상상
하기 힘들었다. 그 뒤에 섬서사흉이 결과에 승복하지 못한다
면 그때야말로 협공을 할 만한 명분이 생기는 것이었다.

"그 말은 섬서사흉이 스스로 찾아올 때까지 뒤쫓지 말라는
뜻인가?"

혹시 모를 일에 대비해 조건을 명확히 하려는 청진에게 호
칠은 고개를 저으며 대답했다.

"뭐 그러면 좋겠지만, 그건 도우의 재량에서 벗어나는 일
이겠죠. 그렇다면 더도 덜도 말고 삼 일, 삼 일 동안은 쫓지
않아 줬으면 하는데요."

어차피 패한다면 본산의 어른들을 모셔와야 할 터. 그 정도
시간이라면 어찌어찌 이삼 일은 걸릴 것이었다. 어떻게 생각
해도 자신에게 손해 될 것은 없는 일.

청진은 섬서사흉을 보며 말했다.

"그쪽도 이 조건에 동의하는가?"

"화산파 쪽에서만 좋다면 우리도 좋소."

종필은 웃음이 나오려는 것을 참으며 대답했다. 아침에 확

인한 호칠의 내공 수위로 볼 때 호칠이 패하는 것은 상상하기 힘들었다. 물론 내공만으로 승패가 갈리는 것은 아니었지만 연우심의 제자인 호칠이 내공만 높을 리 없었다.

"좋다."

청진이 조건을 수락하자 호칠 또한 다행이라고 생각했다.

난전이 되면 이긴다 하더라도 양쪽 모두 누군가 다치거나 죽을 수도 있었다. 자신들이 부상을 입는 것도 물론 달갑지 않은 문제였지만, 화산파의 인물 중에서 돌이킬 수 없는 부상을 입거나 사망자가 나온다면 이후에 섬서사흥이 누명을 벗는 일은 힘들어질 수밖에 없었다.

청진과 호칠만이 가운데 남고 나머지 인물들은 모두 뒤로 물러났다. 호칠과 청진을 중앙에 두고 제법 널찍한 원이 만들어졌다.

호칠은 뒤로 조금 물러서며 뇌전신도를 뽑았다.

스릉 하는 소리와 함께 빛나는 도신이 드러났다.

뇌전신도는 기본적으로 예도(銳刀)의 모양새지만 길이는 예도보다 길어 도파와 도신을 합쳐 다섯 자(尺)에 달했고, 무게는 두 근(斤)하고 두 량(兩)이 조금 넘었다. 도인은 한여름임이라는 사실이 무색하리만큼 서늘한 예기를 뿜어내고 있었다. 실로 보도(寶刀)라는 이름이 아깝지 않은 도였다.

사람을 해치기 위해 만들어진 것이라고는 믿어지지 않게

아름다운 도신이었다.

"화산파의 청진이다."

장효기도 그렇고 도상호도 그렇고 무림인들이란 어지간히도 자기소개 하는 것을 좋아한다고 생각하며 호칠 또한 자신을 소개했다.

"호칠이라 하오."

소개를 마친 호칠은 앞으로 뛰어들며 뇌전신도를 휘둘렀다. 청진은 당황하지 않고 검을 들어 마주쳐 갔다.

챙!

병기와 병기가 부딪치는 소리가 나고 청진이 한 발 물러섰다.

호칠은 멈추지 않고 곧바로 다시 허리 어림을 베어갔다. 청진이 막는 틈을 타 오른발을 크게 내딛어 상대의 품 안으로 뛰어든 호칠은 몸을 회전시키며 팔꿈치를 휘둘렀다.

병장기를 들고 싸우던 중 갑작스레 팔꿈치를 휘두르며 박투를 걸어오는 호칠의 공격에 적잖이 당황한 청진은 황급히 뒤로 물러나며 피했다.

한 손으로 병기를 다루면서 남은 한 손을 공격하는 데 잘 사용하지 않는 것은 공격을 하기 위해 내뻗은 손이 자신의 병기에 상할 수 있는 위험성 때문이다. 그렇기에 검도를 배울 때 검을 잡지 않은 손이라 할지라도 항상 검이 나아갈 때 함께 나가고 돌아올 때 함께 돌아오라고 가르치는 것이다.

그런 의미에서 호칠의 행동은 자신의 몸과 병기를 자신의 의지대로 다룰 수 있는 경지가 아니라면 하지 말아야 할 금기에 가까운 것이었다.

당황한 청진은 연거푸 이어지는 호칠의 공격을 막아내는 데 급급했다.

청진은 만화성막(萬花成幕)을 펼쳐 요혈을 보호하고 매화토염(梅花吐艶)의 초식으로 반격을 꾀했다.

검막 안에서 갑작스레 뻗어 나온 검이 인후혈을 노리고 찔러 들어오자 호칠은 어쩔 수 없이 공격을 멈추고 몸을 돌려 피했다.

봉문을 행했다지만 화산파는 화산파였다. 청진은 지금까지의 수모를 만회하려는 듯 지체없이 검을 들어 호칠을 찔러 갔다.

쾌속하기 이를 데 없는 한 수.

호칠도 감히 경시하지 못하고 뇌전신도를 휘둘러 막았다.

아니, 막았다 생각한 순간 청진의 검이 변화를 일으켰다. 밑으로 뚝 떨어지면서 호칠의 가슴을 노렸다.

몸을 비틀며 피했지만 완전히 피해내진 못했는지 앞섶이 붉게 물들기 시작했다.

지혈 같은 것을 할 틈은 없었다. 청진의 검이 다시 호칠을 노렸다.

호칠은 되도록이면 상대에게 상처를 입히지 않고 제압하려 했지만 그 정도로 쉬운 상대는 아니라는 것을 깨달았다.

보법을 밟으며 몸을 수습한 호칠은 수라파천도의 탈명섬광(奪命閃光), 뇌제현신(雷帝現身), 혈세천하(血洗天下) 세 초식을 연달아 뿌려내며 청진을 몰아쳤다.

청진은 선기를 빼앗겼다가 호되게 당한 처음의 상황을 떠올리며 물러서지 않고 맞서 검을 뿌렸다.

하지만 조금 전의 호칠과는 마음가짐부터가 달랐다.

호칠의 뇌전신도와 청진의 검이 맞부딪치는 순간 뇌전신도는 청진의 검을 휘감아갔다. 청진은 급히 검을 빼내려 했지만 뇌전신도는 마치 자석에 붙은 듯 검에 바싹 달라붙어 떨어지지 않고 오히려 검을 따라 들어왔다.

위험하다고 느낀 청진이 다시 검을 내뻗으려 했다. 순간 뇌전신도는 청진의 검에서 떨어지며 시위가 당겨진 활에서 화살이 쏘아지듯 빠른 속도로 청진의 목을 베어갔다.

풍후뇌전. 봄바람으로 적의 기세를 죽이고, 벼락과 같은 기세로 상대를 베는 수라파천도의 초식이었다.

피하기엔 이미 늦었다고 생각한 청진은 호칠을 향해 마주 검을 찔러갔다.

동귀어진. 화산파의 제자가 할 만한 선택이 아니었다.

이대로라면 호칠이 청진의 목을 벤다 하더라도 자신 또한 큰 상처를 입을 상황.

호칠은 청진의 목을 베어가던 뇌전신도의 방향을 바꿔 청진의 검을 쳐냈다.

뇌전신도의 날카로움 때문일까? 아니면 청진이 화산의 정기를 잃은 탓일까?

강력한 금속성이 울리고 청진의 검편이 하늘로 솟았다.

"계속할까?"

망연자실한 표정으로 부러진 자신의 검을 바라보는 청진은 정신을 놓은 듯 아무런 대답도 하지 못했다.

"그만 할까?"

툭하고 내뱉은 호칠의 말에 정신을 차린 듯 청진의 고개가 천천히 들렸다.

"검을 다오."

청진의 말에 시립하고 있던 화산파의 제자 중 한 명이 앞으로 나와 검을 건네었다.

검을 받아 드는 청진의 마음속에선 검사로서의 수치심, 피해를 감수하면서 자신을 살린 호칠에 대한 원망과 분노 등의 감정이 엉망으로 섞였다.

패배를 인정하고 물러났다면 좋았을 것이다.

청진은 모든 잘못은 호칠에게 돌린 채 미친 듯이 검을 휘둘렀다. 호칠을 향해 검을 휘두르는 청진의 얼굴은 이미 도사가 아닌 악귀, 그것이었다.

신산지화(辛酸之花), 매영난세(梅影亂世), 낙매여우(落梅如雨)……. 면면히 이어지는 초식들은 분명 칠절매화검의 초식일진저, 하나 화산의 정기는 이미 간데없고 그 자리를 대신한 살심만이 가득했다.

평상심을 유지한 상황에서도 졌거늘 어찌 흥분으로 이성을 잃고 이기기를 바라겠는가. 어느덧 검을 멈춘 청진의 목에는 뇌전신도가 겨눠져 있었다. 청진은 발작적으로 뇌전신도를 쳐내고 호칠에게 검을 휘둘렀다. 하지만 호칠은 여유로운 몸놀림으로 피하고 뇌전신도의 도면을 이용해 청진의 얼굴을 후려쳤다.

퍽 하는 소리와 함께 청진은 바닥을 굴렀다.

"이제 가도 되겠지?"

청진은 바닥에 쓰러져 아무 말도 하지 않았다. 뒤에 시립해 있던 화산파의 제자 중 유난히 눈빛이 맑은 청년 한 명이 앞으로 나와 말했다.

"청풍이라 합니다. 오늘은 졌습니다. 삼 일 뒤에 다시 찾아뵙겠습니다."

오늘은 졌다라. 다음에는 지지 않겠다는 뜻.

삼 일 뒤에 다시 찾아뵙겠다는 말. 약속은 지키겠다는 뜻.

실로 정파다운 모습이었다.

'오히려 상대하기 힘든 상대는 이런 녀석일지도.'

호칠은 말투부터 청진과 다른, 유난히 눈이 맑은 청년 청풍을 마음속에 새겼다.

호칠은 뇌전신도를 도집에 집어 넣고 돌아섰다. 상처뿐인 승리였다.

그대로 떠나는 섬서사흉과 호칠의 등 뒤에서 청진의 악에 받친 목소리가 들려왔다.

"오늘의 빚은 잊지 않겠다아—!"

살려준 은혜를 잊지 않겠다는 것은 아닌 것 같지만 지금은 아무래도 좋았다. 한시라도 빨리 소미를 찾으러 가고 싶었다.

第四章
일원상만월도(一圓相滿月圖)

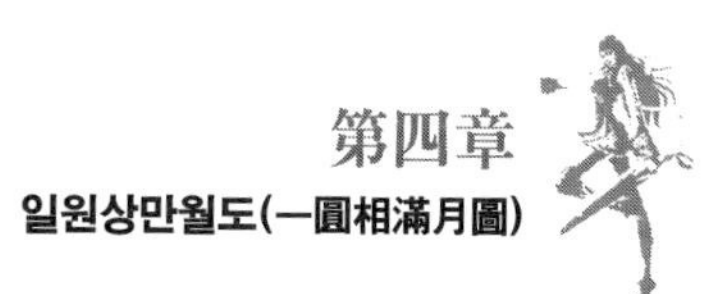

천상비
新
天上碑

종필은 호칠이 운기를 마치고 눈을 뜨자마자 소리쳤다.

"이 녀석! 생각이 있는 것이냐, 없는 것이냐! 사자는 토끼를 사냥함에도 전력을 다하는 법이다. 하물며 화산파를 상대로 여유를 부리려 하다니. 상대를 우습게보는 것도 적당히 해야지, 하마터면 목숨을 잃을 뻔하지 않았느냐!"

나무라는 말이 분명했지만 그 속에서는 진한 정이 느껴졌다.

"하하, 그럴 줄은 몰랐죠. 화산파의 검은 정말 부러질지언

정 꺾이지는 않더군요.”

호칠의 농에 종필은 어이가 없다는 듯 허허 웃으며 말했다.

“그래, 그건 그렇고 내상 같은 건 없느냐?”

“예. 괜찮아요.”

호칠이 풍후뇌전의 초식을 펼칠 때 방향을 바꾸느라 무리한 것이 아닌가 하는 생각에 물은 것일 터. 자신들의 사부인 천지마도가 내상으로 세상을 뜬 탓인가, 섬서사흉은 그 뒤로도 몇 번이고 괜찮은지를 확인했다.

“그럼 이제 어떻게 움직일 생각이냐?”

“도상호를 찾아야죠.”

“그래, 찾아야지. 그런데 어떻게 찾느냔 말이다.”

“생각이 있어요. 백련교에 잠입을 하는 거죠.”

종필은 고개를 작게 끄덕이고 더 말해보라는 듯 눈짓을 했다.

호칠은 눈을 빛내며 자신의 계획을 설명하기 시작했다.

“우리가 백련교를 찾는 건 힘들죠. 찾는다 해도 짧은 시간 내에 핵심 인물이라는 도상호에 대한 정보를 얻기도 힘들 거고요. 그러니 상대방이 먼저 접근하도록 하는 겁니다. 그리고 그 일을 하기에 딱 어울리는 사람이 우리에겐 있죠.”

“술 가져와, 술!”

걸걸한 목소리가 객잔 안을 채웠다.

텁수룩한 수염에 부리부리한 눈, 칠 척 장신에 떡 벌어진 어깨, 도를 비껴 찬 모습. 좋게 말하면 삼국지연의의 장비와 같은 모습이었고 나쁘게 말하자면 산적패의 두목 같은 모습이었다.

점소이는 무슨 주귀라도 만났다는 얼굴로 '예, 예!' 하며 술을 가지러 달려갔다.

사내는 어흠어흠 하며 목을 가다듬고 말을 시작했다.

"엿 같은 놈의 세상 같으니! 도무지 술을 마시지 않고는 견딜 수가 없구나!"

"그러게 말이다. 맘 같아선 왕족이고 황족이고 싹 다 목을 베고 싶구나."

행여 관에서 들으면 역적으로 몰려 구족이 멸할 법한 말을 태연히 내뱉는 사내의 모습도 술을 찾는 남자의 모습과 다를 바 없었다. 다만 수염이 텁수룩하지 않고 제법 길게 기른 것이 다를 뿐이었다.

이층에서 그 모습을 지켜보던 호칠은 작게 웃으며 중얼거렸다.

"셋째 형님의 연기가 너무 어색한데요."

"막내는 어떻고?"

종필이 눈웃음을 치며 맞장구쳤다.

일층에서 술을 찾는 사내와 그 앞의 사내는 장삼과 이원지였다.

호칠의 계획은 간단했다. 장삼과 이원지가 술을 마시며 백련교에서 접근할 만한 대화를 나누고 있다가 다가오면 백련교도가 되겠다는 의사를 내비치고 잠입을 한다는 계획이었다.

일이 잘되어가려는지 장삼과 이원지가 몇 병인가의 술을 더 비우고 다시 술을 가져오라고 고래고래 소리를 지르자, 한쪽 구석에서 조용히 있던 말상의 장년인이 주변을 슬그머니 살피더니 장삼과 이원지 곁으로 다가가는 것이 보였다.

장삼이 흘끔 고개를 들어 자신을 바라보자 말상의 사내는 두 손을 들어 포권을 해 보이곤 입을 열었다.

"형제들, 실례가 되지 않는다면 제가 한잔 사고 싶군요."

장삼은 사내를 툭 치며 말했다.

"방금 자기 입으로 형제라 해놓고 뭘 그리 예의를 차리시나. 않으시오. 한잔으로는 부족하니 밤새도록 마셔봅시다."

말상의 사내는 장삼의 그런 태도가 마음에 들었는지 껄껄 웃으며 의자를 끌어다 앉으며 말했다.

"듣고 보니 그렇군요. 두 형제 분의 말을 듣다 보니 나도 모르게 피가 끓어 가만히 있을 수가 없었소이다."

점소이가 술을 가져오고 말상의 사내는 양손으로 잔을 감싸 포권을 한 모양새로 들어 올리더니 말했다..

"하북 무강의 마면신창(馬面神槍) 주광이라 하오."

마면신창 주광. 이름보다 별호가 유명한 인물이었다. 별호에 신창이라는 말이 들어갈 정도인 데다가 조금 전에 자신을 소개하는 목소리가 공력이 심후하여 우렁우렁 객잔을 울릴 정도였으니 무공 수준이 결코 낮지 않았다. 또한 스스로의 별호에 있는 마면이라는 말을 전혀 꺼리지 않는 태도를 보이는 것으로 보았을 때 성격이 호방하고 사소한 것은 신경 쓰지 않는 대인의 풍모를 지녔음을 짐작할 수 있었다.

"하북에 한 자루의 창을 귀신같이 다뤄 신창이라 불리는 사람이 있다는 말은 들었소이다. 이쪽 사형은 강호에서 장삼이라는 이름으로 불리고 있고 저는 이원지라 합니다."

"누구신가 했더니 섬서사도 여러분이셨군요. 어쩐지 기도가 남다르시다 했습니다."

주광은 고개를 끄덕이며 말하고는 들고 있던 잔을 입으로 가져가 단숨에 털어 넣었다. 그 뒤로 몇 병의 술을 비웠지만 세상 돌아가는 이야기만 좀 나눌 뿐 백련교에 대한 이야기는 나오지 않았다.

이원지가 생각하기에 주광이라는 인물은 원나라에 불만이 있을지 몰라도 백련교도는 아닌 것 같았다. 보기 드문 협사였지만 당장 목적이 있었기에 적당히 자리를 파하려는 차에 주광이 은근슬쩍 입을 열었다.

"혹시 흑암이 물러가고 장차 광명이 올 거라는 이야기를 들어보신 적이 있으신지요?"

장삼은 그게 무슨 소리냐며 콧방귀를 뀌었지만 이원지는 곽자홍이 비슷한 말을 한 것을 기억해 내고 주광이 백련교도이며 지금부터 그와 관련된 이야기를 할 것임을 짐작했다.

이원지의 짐작과 다르지 않게 주광은 자신을 백련교도라 소개하고 장삼과 이원지에게 자신과 뜻을 함께하기를 은근히 종용해 왔다.

"안 그래도 곽 대협과 얘기를 나눈 이후로 새 세상을 만드는 데 동참하고 싶다는 생각을 하고 있었소. 그런 차에 주 대협까지 이렇듯 권해오시니 더 이상 망설일 이유를 찾지 못하겠구려."

"곽 대협이라 하심은, 곽자홍 대협을 말씀하시는 겁니까?"

곽자홍이 백련교 내에서 생각보다 높은 위치에 있는 것인지 주광은 매우 놀라며 물어왔다. 이원지는 상대가 먼저 입교를 권하고 나면 그때 곽자홍 이야기를 넌지시 흘리라고 말한 것이 주효했음을 알 수 있었다. 이로써 자신들에 대한 의심은 눈 녹듯 사라졌을 터, 이제는 자연스럽게 입교하는 일만 남았다 생각하며 대답했다.

"아니, 곽 대협을 알고 계십니까?"

"물론입니다."

"그러고 보니 큰일을 도모하시는 두 대협이 서로 알고 지내는 것은 어찌 보면 당연한 것이겠군요."

이원지는 천연덕스럽게 말을 이으며 술잔을 입으로 가져갔다.

"솔직히 말씀드리자면 도모하는 일이 일인 탓에 처음부터 솔직하게 말하지 못하고 시간을 끌며 진의를 알아내려 했습니다. 그 죄, 이 주모가 세 잔 술을 단숨에 비워 사죄하겠으니 헤아려 주시기 바랍니다."

말을 마친 주광은 단숨에 세 잔 술을 비워냈다. 탁 하고 술잔을 탁자에 내려놓은 주광은 입가를 한번 닦아내고 말했다.

"이렇게 된 것, 마침 내일 저녁에 입교 의식이 있으니 함께 하시는 것이 어떻습니까?"

"크하핫, 쇠뿔도 단김에 빼랬다고 이제 와 무얼 망설이겠나."

장삼이 호탕하게 웃으며 입교 제의를 수락하자 주광은 완전히 마음을 놓았는지 권커니 잣거니 하며 술을 비워갔다.

술시 정, 섬서성 남동쪽 폐허지 유적.

유적에는 오랫동안 사람의 왕래가 없었는지 바닥은 잡초가 무성했고, 전란의 흔적을 고스란히 간직한 돌기둥과 한때

는 거대한 성의 일부였을 돌덩이들이 세월의 무상함을 보여
주었다.

주광은 호칠과 섬서사흉을 안내해 사람들이 모여 있는 곳
으로 향했다. 약 오십여 명의 사람들이 서거나 앉은 채 조그
만 목소리로 이야기를 나누고 있었다.

다른 사람들과 마찬가지로 이야기를 나누며 얼마간 시간
을 보내자 방울 소리가 작게 들려왔다. 마치 사방에서 방울을
흔드는 듯 방울 소리는 앞뒤 분간 없이 들려와 그 진원지를
찾을 수 없었다.

방울 소리가 들려오자 주광은 흥분해 떠들었다.

"저 방울은 제세령(濟世鈴)이라는 겁니다. 교주께서 현신함
을 알리는 거죠. 하북에 계시던 교주가 어째서 이곳에 오신지
는 모르겠지만, 아마도 오신 이상 입회 의식을 직접 집전할
것 같습니다."

주광의 말대로 방울 소리가 점점 가까워지더니 네다섯 사
람은 충분히 들어갈 수 있을 만큼 커다란 가마가 나타났다.
가마 앞에 서 있는 도사복을 입은 노인은 한 손에는 귀기스런
푸른빛이 도는 등을 들고 다른 한 손에는 방울을 들고 있었
다. 방울은 커다란 방울 하나에 몇 개의 작은 방울이 붙어 있
는 모양이었는데 보아하니 저 방울이 제세령인 것 같았다.

또한 놀랍게도 장정 넷이 들어도 쉽게 들어 올리지 못할 것

같은 커다란 가마를 들고 있는 것은 네 명의 여인이었다. 면사로 얼굴을 가리고 있어 나이는 짐작할 수 없었지만 드러난 팔의 피부가 곱고 팔목이 가는 것을 보면 젊은 여인임을 쉽게 짐작할 수 있었다.

'도상호나 주광과 같은 인물도 무섭지만 지금 나타난 저 네 명의 여인만 하더라도 일신에 지닌 실력이 결코 가볍지 않다. 도대체 강호에는 얼만큼의 고수가 있고, 또한 백련교는 얼마나 많은 고수를 포섭한 것인가? 아무리 세상에 숨은 고수와 기인이사가 별과 같이 많다지만 강호에 나온 지 얼마 되지도 않아 이렇듯 많은 고수를 만나다니, 내 운명도 결코 순탄하지만은 않구나.'

"흑암은 물러가고 장차 밝은 세상이 오리라."

가마 안에서 교주로 짐작되는 사람의 목소리가 들려왔다. 내공이 실리지 않은 목소리였지만 묘하게 정신을 홀리는 기운이 느껴졌다.

'사술인 것인가? 무림인이라면 괜찮을 것이지만 내공을 익히지 못한 보통사람이라면 꼼짝없이 정신을 홀리겠구나.'

호칠이 섬서사흉을 바라보니 종필과 이원지도 같은 생각을 했는지 호칠을 바라보았다. 호칠의 생각은 틀리지 않았다. 내공을 익힌 걸로 짐작되는 몇몇 인물을 제외하고는 모두 눈이 풀린 것이 이지를 상실한 채 교주가 하는 이야기를 멍하니 들고 있었다.

"내가 바로 너희를 고통에서 구해내어 복락만이 가득한 세상으로 인도할 미륵불이니라."

당시 백련교는 마니교, 두타교 등의 난립한 민중 종교들을 흡수해 세력을 키웠으며, 종국에는 불교적 성향까지 띠었으며 교주인 한산동은 미륵불을 자처하기도 했다.

주광이 백련교 내에서 차지하고 있는 위치가 가볍지 않았던지 호칠과 섬서사흉은 다른 사람들의 입교 의식이 끝난 후에 교주와 독대를 하게 되었다.

"이분들은 섬서에서 이름이 높으신 협객들로 호교무인이 되고자 찾아오셨습니다."

"부족한 사람이지만 많이 도와주시기 바랍니다."

주광이 호칠 일행을 소개하자 한산동은 조금 전에 미륵불을 자처하던 것과는 달리 자신을 낮추며 호칠 일행을 맞이했다. 목소리도 조금 전과 달리 평범한 중년인의 목소리였다.

종필과 한산동이 이야기를 나누는 사이 호칠은 주변을 살폈다. 모여 있던 사람들은 어느새 다른 곳으로 자리를 옮겼는지 보이지 않았다. 방울을 들고 있던 도사와 가마를 메고 온 네 명의 여인들도 처음 나타났던 자리에서 움직이지 않고 있었다.

"운기자께서도 이쪽으로 오셔서 인사를 나누시지요."

호칠이 주변을 살피는 것을 보았는지 한산동은 소리쳐 가마 앞에 있는 도사를 불렀다. 호칠은 운기자라는 이름이 낯설지 않다고 생각하며 어디서 들었는지를 생각해 내려 애썼다.

운기자라는 도사가 얼굴이 식별될 정도로 가까이 다가오자 장삼이 불현듯 소리를 내질렀다.

"저… 저놈!"

장삼의 고함 소리에 놀란 것인가? 운기자는 펄쩍 놀라며 뒷걸음질을 치다가 곧 몸을 돌려 달아나기 시작했다. 상황이 어떻게 돌아가는 것인지 알 수 없었던 나머지 인물들은 어리둥절한 표정으로 도를 뽑아 드는 장삼과 도망치고 있는 운기자를 번갈아 바라보았다.

"무슨 일인 게냐?"

종필이 묻자 장삼은 답답하다는 듯 가슴을 치며 말했다.

"사형, 저놈! 그때 화산파 놈과 같이 있던 놈 아닙니까!"

장삼의 말을 듣자 호칠은 머릿속이 밝아짐을 느꼈다. 청진이 일전에 언급했던 곤륜의 도사가 운기자였다.

'올해 운수는 정말 사납구나. 하는 일마다 쉽게 풀리는 일이 없고 번번이 싸우지 않으면 일이 해결되지 않으니……. 이번만 해도 이 주광이라는 사내가 있으니 쉽게 넘어가기는 글렀다.'

호칠은 종필의 눈치를 살폈다. 종필이 도를 뽑는다면 앞뒤 불문하고 싸우는 것이었고, 종필이 도를 안 뽑는다면 일단 대화로 해결하는 것이었다.

아직 종필이 도를 뽑지 않았기에 호칠은 일이 좋게 해결될 가능성이 있다고 보고 사태의 귀추를 살폈다.

한편 주광은 장삼이 도를 뽑아 들며 영문 모를 소리를 지껄이자 당황하며 한산동의 앞을 막아섰다. 하지만 장삼은 주광을 안심시키려는 듯 말했다.

"주 형, 저놈과 볼일이 있는 것뿐이니 걱정 마시오. 교주에게는 손가락도 까딱하지 않겠소."

장삼의 말에 한산동이 끼어들며 말했다.

"무슨 소리를 하는 거요! 운기자는 교의 초석이 된 사람인데 어찌 당신과 같은 무뢰배에게 넘길 수 있겠소!"

장삼은 한산동의 말을 한쪽 귀로 흘리며 주광에게 결정을 재촉했다. 주광 또한 장삼이 맘에 들기는 했으나 운기자를 쉽게 포기할 수 없었는지 한참을 망설이며 결정을 내리지 못하고 있었다. 종필은 주광의 결정을 도우려는 듯 앞으로 나서며 말했다.

"우리가 저 운기자라는 자를 필요로 하는 것은 다름이 아니라 우리의 누명을 벗기 위함이오. 화산파의 제자를 죽였다는 누명을 벗기 위해서는 저자가 꼭 필요하다오. 저자가 협력

한다면 내 이름을 걸고 해치지 않고 무사히 돌려보내 주겠소."

종필의 말이 도움이 되었는지 주광은 고개를 끄덕이며 대답했다.

"그렇게까지 말씀하신다면 들어드리지 않을 도리가 없군요."

한산동이 나서서 안 된다고 하려 했으나 주광은 재빨리 한산동에게 말을 했다.

"교주님, 이분들이 마음먹고 교주님을 해치려 한다면 저의 힘으론 막아낼 수 있다 장담하기 힘듭니다. 이분들이 굳이 교주님을 인질로 잡는 쉬운 방법을 두고 이렇게까지 말씀하시는 이유는 이 일을 교와 관련없는 일로 하고 싶으시기에 그러시는 겁니다. 또한 종 대협께서 이름을 걸고 무사히 돌려보내 주신다 말씀하셨으니, 지금은 오히려 운기자를 설득하여 이분 대협들의 누명을 풀어드리는 일을 돕는 것이 나을 것 같습니다."

주광은 차분하고 조리있게 한산동을 설득해 나갔다. 종국에 한산동이 고개를 끄덕여 허락을 하자 주광은 큰 소리로 외쳤다.

"운기자, 섬서사도 여러분의 누명을 벗기는 일에 힘을 보태어주지 않으시겠소?"

주광의 말을 들은 운기자는 펄쩍 뛸 뻔했다. 평소에도 주광이 사람을 좋아하고, 신의로 일을 처리하는 것을 알고 있었지만 자신의 목숨이 걸린 일까지 이런 식으로 처리할 줄은 몰랐다. 도대체 섬서사흉 녀석들이 어찌 구워 삶았길래 저런 소리를 하는지 짐작할 수도 없었다. 게다가 섬서사흉의 누명은 자신이 앞장서 도상호와 짜고 씌웠는데 벗기긴 뭘 벗긴단 말인가?

일의 전말은 이러했다. 백련교의 신도였던 화산파의 제자가 교의 비밀을 알고 있는 채로 교를 떠나려 하자, 운기자는 이를 제거하려 마음먹었다. 도상호와 일을 꾸며 섬서사흉에게 모든 누명을 씌우기로 한 운기자는 천지마도의 심득이 발견됐다는 소문을 슬그머니 흘렸다. 그 뒤는 아는 대로였다. 섬서사흉과 객잔에서 만나고, 다음날 누명을 씌워 소문을 퍼뜨렸다. 당황하고 있는 섬서사흉에게 도상호가 찾아가 이들을 꼬드겨 낙양으로 향했다.

화산파에 이제 와 섬서사흉이 흉수가 아니라 말한다면 수상함을 느끼고 조사를 벌일 것이 분명했다. 섬서사흉의 결백함을 주장할 수 없는 운기자는 제세령을 흔들었다.

그러자 지금까지 가만히 서 있던 네 여인이 몸을 움직여 운기자 앞을 막아서는 것이 아닌가.

강호의 경험이 풍부한 종필은 그 모습을 보자마자 실혼인(失

魂人)이거나 생강시일 것이라 짐작하곤 소리쳤다.

"조종당하는 것뿐이다! 저 종을 빼앗으면 실 끊어진 인형과 다름없을 테니 종을 빼앗도록 해라!"

주광은 운기자가 빙노(氷奴)까지 움직이는 것을 보고 어찌해야 할지 갈피를 잡지 못했다. 어째서 운기자가 저렇게까지 섬서사흉을 적대시하는지 짐작할 수가 없었다.

장삼은 한숨을 내쉬며 주광에게 말했다.

"주 형제, 저자를 돕지 않을 것이라면 교주를 모시고 이 자리를 벗어나는 것이 어떻소? 내 나중에 다시 찾아오겠소."

빙노가 움직이기 전이라면 모를까 빙노가 움직인 이상 섬서사흉으로서는 운기자를 상하게 하기 힘들 것이었다. 주광은 섬서사흉을 속이는 것 같은 생각이 들었지만 교를 위해서라 애써 자위하며 교주를 데리고 자리를 떴다. 한산동 또한 운기자가 빙노를 움직이는 것을 보고 주광과 같은 생각을 했기에 군소리없이 주광을 따라갔다.

만약 주광이나 한산동이 호칠의 무위를 알고 있었다면 떠나지 않고 호칠과 섬서사흉을 방해했을 것이었지만, 호칠의 무위를 짐작할 리 없는 두 사람은 자리를 떴다.

두 사람이 순식간에 시야에서 사라지는 것을 확인한 섬서사흉과 호칠은 도를 뽑아 들었다.

종필은 호칠에게 말했다.

"우리가 저 여인들을 상대할 동안 호칠이는 종을 빼앗도록 하거라. 운기자를 죽이지 말아야 함은 당연하고."

운기자가 종을 흔들며 알 수 없는 말을 중얼거리자 네 명의 여인은 운기자의 명에 따르는 듯 몸을 날려 섬서사흉을 공격해 왔다. 네 여인의 공격은 생각보다 매서워 경시할 수 있는 수준이 아니었다. 섬서사흉은 차분히 합격진을 펼쳐 방어에 치중했다.

호칠은 한시라도 빨리 운기자에게서 제세령을 빼앗기 위해 운기자에게로 몸을 날렸다. 아니, 몸을 날리려 했다.

호칠은 운기자가 '멈춰라'라고 외치는 순간 정신이 혼미해지더니 팔다리에 힘이 빠지고 몸이 무거워짐을 느꼈다. 호칠은 한산동이 처음 나타나 목소리로 심령을 제압하던 모습을 떠올렸다. 그와 비슷했지만 이번에는 좀 더 강력했다. 순식간에 기가 흩어지는 것을 느낀 호칠은 태청심공을 온몸에 휘돌렸다. 그와 동시에 정신을 잠식해 오던 사기가 흩어지는 것이 느껴졌다.

섬서사흉 또한 영향을 받았는지 번번이 뒤로 밀리며 고전을 면치 못하고 있었다. 내공으로 사술을 물리쳐 낼 수 있었던 호칠은 사흉에게 기를 운용해 사술을 막아내라고 외쳤지만 사흉은 여전히 손발이 어지러운 채로 간신히 네 여인의 공격을 막아내고 있었다.

호칠은 몰랐지만 운기자가 사용한 술법을 물리칠 수 있었던 것은 순전히 태청심공의 묘용이었다. 온갖 탁기를 정화해 몸과 정신을 맑게 하는 도가의 일세기공인 태청심공에 벽사(辟邪)의 효용이 있음은 당연하다 할 수 있었다. 혹 내공이 기인의 경지에 이를 정도로 순후하다면 영향을 받지 않을 수 있겠지만 그렇지 못한 섬서사흉이 견뎌내고 있는 것은 순전히 의지가 견정하기 때문이었다.

이를 알 리 없는 호칠은 섬서사흉이 자신의 말을 듣지 못한 모양이라 생각하곤 공력을 실어 소리쳤다.

"합!"

호칠의 공력이 실린 기합성이 천지간을 꿰뚫으며 조용한 밤하늘을 뒤흔들었다. 탕마의 효용이 있다는 불문일절 사자후에 비할 바는 아니겠지만 적어도 섬서사흉의 정신을 차리게 할 정도의 벽사의 기운을 지녔는지 섬서사흉은 혼미한 정신이 번뜩 맑아지는 것을 느꼈다.

여인들의 공격에 거세게 반격하는 섬서사흉의 모습을 보며 호칠은 휴우 하고 작게 한숨을 내쉬었다. 운기자가 수작을 더 부리기 전에 제압해야겠다고 생각한 호칠은 전력으로 초상비를 펼쳐 운기자를 압박해 들어갔다.

한편 운기자는 아직 어린 호칠이 잠시 주춤했을 뿐 자신의 술법에 영향을 받지 않고 도리어 장소성을 내질러 섬서사흉의 정신을 들게 하는 모습을 보고 하얗게 질려 버렸다. 섬서 사흉과 함께 다니는 호칠을 당연히 사파의 인물로 생각했고, 그런 호칠이 도가의 심공인 태청심공을 익혔을 거라고는 전혀 생각지 못한 운기자는 호칠이 기인의 경지에 이른 반로환동한 전대의 거마라고 믿어버렸다. 게다가 호칠이 한눈에 보기에도 보도임이 분명한 도를 들고 자신에게 달려오자 제세령을 흔들어 격전 중이던 네 여인 중 한 명에게 호칠을 공격하도록 명했다.

제세령을 흔들 때부터 주의를 기울이고 있던 호칠은 등 뒤에서 여인이 공격해 왔지만 전혀 당황하지 않고 뇌전신도를 들어 막아냈다.

놀랍게도 피륙으로 이루어졌을 여인의 손과 뇌전신도가 맞부딪쳤음에도 땅! 하는 금속성 소리가 났다.

여인의 손을 바라보니 손날이 조금 베어져 피가 흐르고 있을 뿐 큰 손해를 본 것 같지 않았다.

운기자는 여인의 손이 베어진 것을 보고 자기도 모르게 소리를 지를 뻔했다. 빙노의 몸이 얼마나 단단한데 전력으로 휘두른 것도 아니고 경황 중에 휘두른 도에 맞아 베어진단 말인가.

그러한 사실을 알 리 없는 호칠은 강호에 소위 철사장이니 금종수니 하는 손을 단단하게 해주는 수법이 있음을 생각해

내고 눈앞의 여인도 그런 종류의 훈련을 쌓았을 것이라 짐작
했다.

빙노를 고작 철사장 같은 것에 비교한 것을 운기자가 알면
미치고 팔짝 뛸 것이었다.

호칠과 여인이 한번 공격을 주고받을 때마다 여인의 손은
베인 상처가 늘어만 갔다. 그 모습을 보고 속이 탄 운기자는
제세령을 요란하게 흔들며 입으로는 끊임없이 알 수 없는 주
문을 외웠다.

주문의 효과인가? 여인은 몸에서 무서운 기세가 일어나며
호칠을 공격해 갔다. 쩡쩡하고 귀가 울리는 소리와 함께 사방
에 경기가 휘몰아치고 극음의 기운이 몸을 엄습해 왔다.

호칠은 그 기운에 맞서지 않고 몸을 빼내는 데에 전력을 다
했다. 몇 번 보법을 밟아 피하며 여인의 공격을 관찰해 본 결
과 힘 자체는 강맹해지고 매서워졌지만 초식의 날카로움이나
현묘함은 현저히 떨어져 이미 초식이라고 부르기도 민망한,
마치 광인의 몸놀림과 같았다.

극음의 기운이 서린 저 수장을 한번이라도 맞으면 타격이
클 것이지만 두 눈 뜨고 맞아줄 만큼 호칠이 호락호락한 무인
은 아니었다.

여인의 공격은 또다시 허공을 훑었고 호칠은 뇌전신도를
휘둘렀다.

서걱 하고 베이는 소리와 함께 여인의 두 팔이 땅으로 떨어졌다.

여인은 자신의 팔이 사라졌다는 것을 깨닫지 못한 것인지 계속해서 호칠을 공격하려 했지만 호칠은 여유있는 몸놀림으로 공격을 피해 운기자에게 달려갔다.

설마 최후의 수단까지 사용한 빙노가 패할 것이라고 상상도 하지 못한 운기자는 정신이 나간 듯 부들부들 떨고 있었다.

호칠이 다리를 걸어차자 운기자는 썩은 나무처럼 풀썩 쓰러졌다. 어느새 곁으로 다가온 빙노의 공격을 피하고, 빙노의 뒷덜미를 잡아 멀리 내던진 호칠은 쓰러진 운기자를 내려다보며 말했다.

"앞으로 내가 시키는 대로만 하면 목숨만은 살려주겠다."

서슬 퍼런 호칠의 위협에 운기자는 정신없이 고개를 끄덕였다.

"그럼 우선, 저 여인들의 정신을 되돌려놔라."

운기자의 표정은 엉망으로 구겨졌다. 한번 빙노가 된 여인의 정신을 원래대로 되돌리는 것은 불가능했기 때문이었다.

"불가능한가?"

운기자가 눈치를 보며 고개를 끄덕이자 호칠은 망설임없이 뒤돌아 자신을 다시 공격해 오는 여인을 바라보았다. 팔꿈치 위밖에 남지 않은 짧은 팔을 휘두르는 여인을 바라보는 호칠의 눈에는 연민이 가득했다.

뇌전신도가 휘둘러지고 여인의 머리가 허공을 날았다.

몸을 돌린 호칠은 운기자를 보고 말했다.

"도상호가 있는 곳으로 안내해. 지금 당장."

만월이 대지를 비추고 여섯 남자가 산길을 걸었다.

그중 선두에 선 운기자는 그냥 걸어도 힘들 길을 손이 뒤로 묶인 채 연신 엉덩이를 차여가면서 걸으려니 여간 고역이 아니었다.

"얼마나 남았냐?"

장삼이 지금까지 저렇게 얼마나 남았냐고 물은 후에는 빨리 가지 못하냐며 엉덩이를 찼기에 운기자는 엉덩이에 힘을 주며 대답했다.

"거의 다 왔습니다."

아니나 다를까, 장삼은 운기자의 엉덩이를 걷어차며 말했다.

"그놈의 거의 다 왔다는 소리는 아까부터 몇 번이나 한 줄 아는 거냐? 빨리 안내하지 못해?"

속으로는 도착하기만 하면 너희들은 모두 죽은 목숨이라고 생각하는 운기자였지만 내색은 하지 않고 잘 움직이지 않는 발을 열심히 움직여 앞으로 나아갔다.

운기자가 엉덩이를 몇 번 더 걷어차인 후, 일행 앞에는 커다란 장원이 나타났다. 어째서 이런 외진 곳에 이런 장원이 있는지 이유는 알 수 없었으나 지어진 건축양식을 보면 원나라 이전 시대의 양식이었다.

호칠이 가까이 다가가 보니 장원은 꽤나 낡은 상태였다. 여기저기 거미줄이 쳐지고, 담장은 금이 가고 조금씩 무너져 있는 부분도 많았다.

호칠이 조심스레 나무로 된 문을 밀자 끼이익 하는 소리가 나며 먼지와 나뭇조각이 부스러져 떨어져 내렸다.

"여기가 맞긴 맞는 거야? 아무리 봐도 사람이 사는 흔적이라곤 없는데?"

호칠의 말에 화답하는 목소리가 장원 안쪽에서 들려왔다.

"이런 야심한 밤에 무슨 용무로 찾아오셨는가?"

그 목소리를 듣자마자 운기자는 소리를 질렀다.

"어르신, 살려주십시오!"

어르신? 호칠은 도상호는 아닌 것 같지만 백련교 내의 높은 인물이 있다고 판단하고 재빨리 뇌전신도를 뽑아 들었다. 섬서사흉 또한 도를 뽑아 들고 긴장하기 시작했다. 도를 뽑아 든 장삼은 운기자의 다리를 걷어차고 한 번만 더 소리를 지르면 몸이 성치 못할 것이라며 으름장 놓는 것도 잊지 않았다.

곧 장원 안쪽에서 허연 수염을 쓰다듬으며 한 노인이 걸어 나왔다. 그 발걸음은 산책이라도 하는 듯 편안해 보였다. 밖으로 나와 운기자를 흘금 바라본 노인은 입을 열어 말했다.

"운기자 그 아이가 잡혀와 도움을 청하는 것을 보면 교의 일에 방해가 된다는 것일 테지. 자네들에게 원한은 없지만 다 대의를 위한 것이니 너무 서운해하지 말게."

너무 편하게 이야기해 무슨 말인가 했지만 생각해 보니 다 죽인다는 말이었다. 일견하기엔 평범하기 이를 데 없는 노인이었지만 평범한 노인에게 운기자가 어르신이라 부르며 도움을 요청할 리 없었다. 고수, 그것도 내력이 안으로 갈무리되어 오히려 평범하게 보이는 반박귀진의 경지에 오른, 응왕과는 비교도 안 되는 고수임에 틀림없었다. 거기까지 생각이 미치는 순간 지금까지 평범해 보이던 노인의 몸에서 무서운 기가 폭사되어 나오기 시작했다.

호칠의 미릿속에서시는 도망치라는 소리가 쉴 새 없이 들려왔지만 발이 떼어지지 않았다. 산중지왕(山中之王)이라는 호랑이 앞에 서면 꼼짝도 할 수 없다더니 딱 그 짝이었다.

정신 차리지 못하고 다리가 풀린 채 떨고 있는 호칠을 도운 것은 종필이었다.

종필은 노인의 기세에 눌리지 않았는지 내공을 실어 소리질렀다.

"도망쳐!"

덕분에 정신을 차린 호칠은 퉁기듯이 몸을 움직여 산 아래로 내달렸다. 섬서사흉 또한 각기 흩어져 도망치기 시작했다.

운기자가 순순히 안내를 할 것이라고 생각지는 않았지만 설마 저런 괴물이 기다리고 있을 줄은 꿈에도 생각 못했다. 호칠은 자신의 사부보다 강할지도 모른다는 생각을 하며 초상비를 펼쳤다.

얼마나 달렸을까. 등 뒤에서 장포가 펄럭이는 소리가 들려왔다. 호칠은 앞뒤 재지 않고 재빨리 비탈을 따라 몸을 굴렸다.

'쾅!' 하는 소리와 함께 땅이 울렸다. 몸을 일으키기도 전에 노인이 자신의 앞에 서 있는 것이 보였다.

"허허. 제법이로구나. 상황 판단도 빠르지만 몸은 더 빠르구나. 이대로 죽이기엔 아까운 녀석이로다. 어떠냐, 노부 밑에서 일하지 않겠느냐?"

노인의 제안에 호칠은 즉시 대답했다.

"어이쿠, 그렇게만 된다면 얼마나 좋겠습니까. 그런데 도상호라는 놈 아시죠? 그놈이 제 색시를 훔쳐 갔거든요. 색시만 돌려주신다면 얼마든지 일하지요."

"허어, 그런 일이 있던가? 그 정도 일이야 내 얼마든지 해결해 주마."

"모쪼록 그렇게만 해주신다면 저로서는 각골난망에 견마지로를 아끼지 않을 것입니다."

호칠은 섬서사흉이 꽁지가 빠져라 도망가고 있기를 바라며 시간을 끌었다. 한 명이라도 도망쳐 자신의 사부에게 소식을 전할 수 있다면 어떻게든 소미는 되찾을 수 있을 것이었다. 무엇보다 소미만 무사히 돌려준다면 누구 밑에서 일해도 상관없었다. 더한 일이라도 할 수 있었다.

호칠은 처음 봤을 때부터 절로 모시고 싶은 마음이 들었다는 둥, 풍채가 남다르셔서 신선인 줄 알았다는 둥 각종 되지도 않는 말을 지껄이며 노인과 함께 장원으로 향했다. 여전히 밧줄에 묶인 채 장원 안에 있던 운기자는 호칠과 노인이 웃으며 함께 장원 안으로 돌아오자 기겁을 하며 놀랐다.

'전대의 거마가 맞았던 건가? 어찌 어르신과 저리 친하게 이야기를 나누는 것인가⋯⋯.'

정확히는 호칠이 주로 이야기를 하고 노인은 웃기만 했지만 운기자가 보기에는 그게 그거였다.

얼마나 이야기를 나누었을까. 노인이 갑자기 손을 들어 호칠의 이야기를 중지시키고 말했다.

"네 녀석의 동료가 돌아온 것 같구나."

노인의 말대로 장원 문이 끼이익 하고 열리고 복면을 쓰고 몸에 달라붙는 야행의(夜行衣)를 입은 네 명의 인물이 섬서사흉을 옆구리에 끼고 나타났다.

호칠은 자신도 모르게 젠장 소리가 흘러나왔다. 섬서사흉은 기절한 듯 늘어져 야행인이 움직이는 대로 팔다리가 흔들리고 있었다. 노인은 고개를 돌려 사흉을 잡아온 이들에게 말했다.

"오래 걸렸구나."

"죄송합니다."

야행의를 입은 자들이 급히 조아리며 죄송하다 말하자 노인은 손을 흔들며 되었다 말하고 다시 물었다.

"도상호, 그놈에게 가서 내가 찾는다 일러라. 납치해 온 소미라는 여아도 데리고 오라 하고."

"존명!"

야행의를 입은 자들은 섬서사흉을 내려놓고 사라졌다. 운기자는 눈치를 살피며 조심스럽게 입을 열었다.

"어르신, 소미라는 아이는 무슨 일로 찾으시는 건지요?"

노인은 미간을 찌푸리며 말했다.

"혹시 네놈이 관여된 게냐?"

"예, 송구스럽지만 그렇습니다."

"손떼도록 해라. 빙노는 경지에 이른 무인에게는 통하지 않는다고 몇 번을 말해야 하는 게냐."

노인이 꾸짖자 운기자는 목을 움츠리곤 마른침을 삼켰다.

"그것이, 천음지기를 지닌 여인입니다."

"…월유성녀를 말하는 게냐?"

노인이 잠시 뜸을 들이고 말하자 운기자는 기회라고 생각하며 빠르게 입을 놀렸다.

"예. 월유성녀가 맞습니다."

노인은 잠시 생각하는 듯하더니 말했다.

"되었다. 더 이상 천도에 어긋나는 일을 해 무엇을 얻겠느냐."

"하지만……."

노인은 운기자의 말을 끊고 호칠을 가리키며 말했다.

"이 녀석, 근골이 뛰어나고 영민하니 잘만 가르치면 큰 몫을 할 수 있을 것이다. 내 이미 소미라는 아이를 돌려주기로 마음먹었으니 더 이상 말하는 것을 허락하지 않겠다. 너는 어서 가서 소미라는 아이를 이곳으로 데리고 오도록 해라."

운기자는 죽을죄를 지었다는 표정으로 머리를 조아리며 말했다.

"어르신, 그것이… 이미 일을 진행한 상황입니다."

"……."

노인이 아무 말도 없자 운기자는 슬그머니 머리를 들어 노인을 바라보았다. 노인은 고개를 들어 하늘을 바라보고 있었다. 고개를 돌려 호칠을 바라본 노인은 장탄식을 하며 말했다.

"허어, 오늘 아까운 인재를 하나 잃겠구나."

노인의 말이 청천벽력처럼 호칠의 머릿속을 울렸다. 말인즉슨, 소미에게 이미 모종의 대법이 시행되었다는 것이었다. 운기자와 노인의 이야기가 진행되는 내내 호칠은 이곳에 오기 전 자신이 베었던 여인을 떠올리며 천지신명께 빌고 또 빌었다. 그럼에도 결과는 참담했다. 속이 메슥거렸다. 몸이 뒤틀리는 느낌도 들었다.

노인은 호칠의 상태가 이상해지는 것을 느끼고 손을 움직여 호칠의 몸 곳곳을 두들겼다. 노인의 타혈 덕에 호흡이 안정된 호칠은 노인에게 말했다.

"감사하다는 말은 하지 않겠습니다."

죽음을 각오한 것인가? 아니면 너무 분노해 오히려 차분해진 것인가. 호칠의 목소리는 어딘가 초연한 느낌이 묻어났다.

호칠이 휘적휘적 걸어 마당 한가운데에 서자 노인도 몸을 일으켜 마당으로 나왔다.

노인은 한숨을 내쉬곤 말했다.

"삼 초, 노부의 공격을 삼 초만 받아낸다면 그 이후에 네 녀석이 죽든 살든 교의 일을 방해하지만 않는다면 더 이상 상관하지 않겠다."

호칠은 묵묵히 고개를 끄덕이고 뇌전신도를 뽑아 수라파

천도의 기수식을 취했다.

"수라파천도! 네 녀석! 연우심과는 무슨 관계인 게냐!"

기수식만 보고 대번에 수라파천도임을 알아본 노인은 연우심과 호칠의 관계를 추궁했다.

"사부님께서 말년에 못난 제자 하나 얻어 마음고생이 심하시죠."

호칠의 대답에 노인은 허허로운 표정을 지으며 말했다.

"연우심과의 관계를 생각해 한 수만 버텨낸다면 보내주도록 하마. 그럴 일은 없겠지만 혹시라도 살아 연우심을 만나게 되면 염우백(廉宇柏)을 만났다 하면 알 것이다. 그리고 이 한 수에 대해 전해다오."

일 초면 어떻고 삼 초면 어떠한가. 노인을 마주한 호칠은 자신이 단 일장도 제대로 받아낼 수 없다는 것을 느꼈다.

호칠은 대답 대신 뇌전신도를 고쳐 잡았다.

선수필승! 얼마나 허황된 말인가? 하지만 살 확률을 일 푼이라도 늘리기 위해서는 방법이 없었다.

호칠은 전신에 진기를 휘돌리며 힘차게 진각을 밟았다. 뇌전신도의 도광이 수라발도의 투로를 따라 빛났다.

뿌리는 발에 있고 다리에서 발하여 허리에서 주재하고 손끝에서 행한다[其根在脚 發於退 主宰於腰 行於手指]. 호칠은 발경의 묘리에 한 치의 어긋남도 없이 몸을 움직였다.

진각에서부터 올라온 힘이 순식간에 다리와 허리를 지나 손끝으로 전달됐다. 뇌전신도의 끝에서 경풍이 일었다.

전신, 심지어 뇌전신도의 움직임까지 자신의 의지대로 움직일 수 있었다. 완정일기(完整一氣). 도와 자신이 하나가 된 듯한 감각. 도신일체(刀身一體).

호칠은 목숨이 경각에 달린 상황에서 오는 긴장감에 지금까지 넘지 못했던 벽을 단숨에 넘어 새로운 경지에 올라섰다. 만약 살아 돌아갈 수만 있다면 무공에 큰 진전이 있을 것이었다.

편안히 두 손을 늘어뜨린 채 가만히 있던 염우백의 지척까지 수라발도의 경기가 이르렀다. 염우백은 그제야 오른손을 들었다. 그리곤 검지로 허공에 원을 하나 그리기 시작했다. 원을 그리는 손가락은 분명 느릿느릿 움직이는 것같이 보였으나 어느새 처음 원을 그리기 시작했던 곳으로 돌아와 원을 완성시켰다.

그 순간 수라발도의 기세가 눈 녹듯 사라졌다. 호칠은 봄바람처럼 부드러운 기운이 자신을 향해 몰려오는 것이 느껴졌다. 뇌전신도를 움직여 막아보려 했지만 소용없었다. 부드러운 기운이 뇌전신도를 한번 쳐내고도 계속 다가와 자신의 가슴을 치는 것이 느껴졌다. 아무 이상이 없어 의아해하는 순간 화탄(火彈)이 터지듯 무엇인가 가슴속에서 터지는 것이 느껴졌다.

컥 하고 숨이 막혔다. 눈앞이 하얗게 변하고, 빛무리가 정신없이 나타났다. 호칠은 밀려드는 충격을 이기지 못하고 비척비척 뒷걸음질쳤다.

턱.

등이 나무에 부딪치고, 그 덕에 간신히 숨통이 트였다. 신선한 공기가 폐장을 채우자 정신이 좀 들었다.

하지만 몸속 구석구석에서 작은 폭발들이 계속해서 일어나 전신 혈맥을 찢어놓고 있었다.

울컥하고 핏덩이가 솟아올라 왔다. 내상을 입은 것을 굳이 숨길 필요도 없었다. 뱉고 나니 조금 편해졌다. 핏물에서 달콤한 냄새가 올라오는 걸 보면 진원지기까지 상한 것이 분명했다.

아득해지려는 정신을 부여잡고 뇌전신도를 땅에 꽂고 몸을 바로 세웠다. 다리가 부들부들 떨렸다.

"후욱!"

크게 숨을 몇 번 깊게 들이쉬자 조금 힘이 나는 듯했다.

호칠은 노인을 바라보며 싱긋 웃었다.

"사부에게 전할 초식의 이름은?"

"…일원상만월도(一圓相滿月圖)."

짤막하게 대답한 염우백이 운기자와 수하들을 데리고 산

을 내려가는 모습이 보였다.

밤하늘에서는 조금도 이지러지지 않은 만월이 세상을 비

추고 있었다.

第五章
하늘은 사람을 돕지 않는다[天不佑人]

 "무슨 생각을 그리 골똘히 해?"

소미의 말에 호칠은 정신을 차리고 주변을 둘러보았다. 많은 사람들이 모여 있는 것이 보였다.

'아, 혼례식 중이었지.'

소미는 멍한 표정으로 주변을 둘러보는 호칠에게 걱정스러운 표정으로 다시 물었다.

"왜 그래? 몸이 안 좋은 거야?"

호칠은 고개를 좌우로 흔들며 대답했다.

"아니야. 그냥 잠깐 멍해져서."

"나랑 결혼하는 게 싫은 건 아니고?"

호칠의 대답에 안심한 소미는 눈을 흘기며 물었다.

"그런 거 아니야. 행복하게 해줄게."

장원의 입구에서 요란한 소리가 들려왔다. 소미를 보고 있던 호칠은 소리가 들려온 쪽으로 고개를 돌렸다. 적포를 입은 장년인이 여러 사람을 대동하고 혼례식이 진행 중인 정원으로 들어오는 것이 보였다.

왕필이 앞으로 나서 적포의 장년인과 실랑이를 벌이기 시작했다.

'이 상황 언젠가……'

호칠이 뭔가 이상하다고 느끼는 순간 적포인 뒤에 서 있던 네 명의 도객이 앞으로 나섰다.

"우리들은 섬서사흉이오! 얼굴은 무섭지만 사실은 착한 사람이니 무서워하지 마시오!"

연우심은 호칠의 옆으로 다가와 귀에 대곤 작은 소리로 말했다.

"장위충이 소미를 납치해 갈 거니 조심해라."

호칠은 속으로 '저도 알아요'라고 대답하곤 눈을 돌려 장위충을 찾았다. 장위충은 빙 돌아 소미가 있는 곳으로 다가오고 있었다.

그런 장위충을 막기 위해 호칠은 몸을 움직이려 했다. 하지만 갑자기 사지가 뻣뻣하게 굳으며 움직이지 않았다.

장위충은 그런 호칠을 비웃으며 소미에게 다가갔다. 소미는 도망칠 생각이 없는지 멀뚱히 선 채 눈만 깜빡이고 있었다.

몸이 움직이지 않아 당황한 호칠은 연우심에게 도움을 청하려 했다. 몸을 움직일 수는 없었지만 시야가 변하며 연우심의 모습이 비춰졌다.

소미가 납치되려는 급박한 상황임에도 연우심과 왕필은 한가로이 바둑을 두고 있었다.

"사부님! 장위충 좀 막아줘요!"

호칠이 소리쳐 부탁하자 연우심은 벌떡 일어나 뇌전신도를 뽑아 들었다. 그리곤 그대로 뇌전신도를 휘둘러 바둑판을 반으로 자르고는 소리쳤다.

"내 도법은 천하제일! 비자나무 바둑판도 도로 붙지 못한다!"

호칠은 다시 고개를 돌려 장위충을 보았다. 장위충은 소미에게 다가가면서 점점 몸이 커지고 있었다. 원래부터 뚱뚱한 몸이었지만 지금은 더 뚱뚱해져 둥그런 모습이 되어 있었다.

호칠은 혹시나 하는 마음에 섬서사흉을 바라보았다. 하지만 섬서사흉은 '우리들은 섬서사흉이오! 얼굴은 무섭지만 사실은 착한 사람이니 무서워하지 마시오' 라는 말만 앵무새처럼 되풀이할 뿐이었다.

장위충은 걷지도 못할 정도로 비대해지자 이제는 땅바닥에 엎어져 몸을 굴리기 시작했다. 장위충은 느리지만 착실히 소미에게 다가갔다. 호칠은 어떻게든 몸을 움직이려 했지만 그럴수록 몸은 뻣뻣하게 굳어갈 뿐이었다.

소미는 장위충이 지척에 이르렀음에도 가만히 선 채 꼼짝도 하지 않았다. 그 모습은 운기자가 부리던 빙노의 모습과 닮아 있었다.

소미의 발치에 이른 장위충은 갑자기 뻥 하는 소리와 함께 연기를 내뿜으며 터졌다.

자욱한 연기가 사라지자 장위충이 있던 자리에는 염우백과 운기자가 서 있는 것이 보였다.

염우백은 호칠에게 다가와 말했다.

"나를 꺾으면 소미를 돌려주지."

호칠은 '원래는 일장만 막으면 되는 것 아니냐?' 고 물으려 했다. 하지만 염우백은 호칠의 대답을 기다리지 않았다.

염우백이 손을 움직이고 호칠은 뇌전신도를 뽑아 막았다. 어떻게 갑자기 몸이 움직이게 됐는지는 생각할 겨를도 없었다. 염우백의 공격은 매서웠다. 염우백은 소매 속에 숨겼던 조(爪)까지 꺼내 호칠을 공격했다.

운기자는 장원 밖으로 걸음을 옮기며 제세령을 흔들었다.

소미는 운기자를 따라 장원 밖으로 향하기 시작했다.

호칠이 소리쳤다.

"따라가지 마!"

소미는 고개를 돌려 호칠을 바라보았다.

"내가 잡혀가는데도 무공 수련만 하는구나."

"아니야. 이건……."

"일원상만월도!"

염우백은 호칠이 변명하려는 틈을 타 일장을 내질렀다. 호칠은 실 끊어진 연처럼 만월이 뜬 하늘 위로 날았다.

"일원상만월도!"

땅에 떨어지려는 호칠에게 염우백은 다시 일장을 내질렀다. 호칠은 다시 하늘을 날아올랐다. 그사이 소미는 운기자를 따라 장원 밖으로 사라졌다.

염우백은 지치지도 않는지 계속해서 호칠을 하늘 위로 쳐올렸고, 그럴 때마다 호칠은 몸이 흔들렸다.

"어… 지러우니까 이제 그만……."

"사형, 정신이 들었나 봅니다."

호칠은 흔들림이 멈추는 것을 느끼며 눈을 떴다. 종필의 얼굴이 보였다.

"정신이 좀 드느냐?"

　주변을 살핀 호칠은 그제야 자신이 장삼에게 업혀 있고, 자신이 있는 곳이 산속이라는 것을 알 수 있었다.

"도대체……."

"꼬박 하루를 정신을 잃고 있었다. 쫓기는 상황이라 제대로 치료를 받을 수 없어 그저 네 회복력을 믿는 수밖에 없었는데… 정신을 차리다니 천만다행이다."

"쫓기다니요? 백련교입니까?"

종필은 고개를 저으며 대답했다.

"화산파다. 어찌 알았는지 운기자가 안내했던 산장으로 찾아왔더구나. 이상한 낌새를 눈치 채자마자 도망친 덕분에 간신히 벗어날 수 있었다. 그래도 아직 안심할 만한 상황이 아니니 어서 몸을 추스르도록 해라."

운기조식을 위해 장삼의 등에서 내려온 호칠은 고가가 보이지 않는다는 것을 깨달았다.

"둘째는 화산파 녀석들을 따돌리는 중이니 걱정 말고 어서 상세부터 살피도록 하여라."

호칠의 표정을 읽었음인가? 종필은 호칠이 묻기도 전에 사정을 설명하고 호칠에게 몸을 추스르기를 재차 권했다.

상황이 급박함을 깨달은 호칠은 그대로 앉아 가부좌를 틀었다.

호칠은 진기를 돌려 몸 상태를 확인하려 했지만 진기는 기해혈에 틀어박혀 움직이지 않았다. 아무리 움직이려 애를 써도 진기는 기해혈에서 단단히 똬리를 튼 듯 도무지 움직일 기미가 보이지 않았다. 태청심공을 배운 후로, 정확히는 기감을 느낀 후론 처음 있는 일이었다.

호칠의 표정은 딱딱하게 굳었다. 큰일이 난 것이라 짐작한 종필은 호칠의 완맥을 잡으며 말했다.

"저항하지 말고 가만히 있어라."

다른 사람의 몸에 기를 불어넣어 상세를 살피는 것은 금기까지는 아니더라도 위험한 일임에는 틀림없었다. 같은 종류의 내공을 익힌 경우에는 그래도 나았지만, 상성이 맞지 않는 경우에는 내공이 절로 일어나 자신의 몸에 침입한 기를 몰아내려 하기 때문이었다. 특히 지금 호칠의 상황처럼 자신의 의지로 진기를 운용할 수 없을 때는 더욱 위험한 일이었다.

종필이 그러한 위험을 무릅쓰고 호칠의 상세를 살피려 한다는 것은 현재 상황이 얼마나 급박한지를 보여주는 단적인 예라고 할 수 있었다.

호칠은 가만히 고개를 끄덕였다. 종필은 조심스레 자신의 기를 호칠의 팔을 통해 불어넣기 시작했다.

천천히 앞으로 나가던 종필의 기는 어느 정도 나간 후 무언가에 막힌 듯 더 이상 앞으로 나가지를 못했다. 몇 번이고 다시 시도해 보았지만 마찬가지였다. 처음 멈춰 섰던 그 자리에서 조금도 더 나아가질 못했다.

종필은 호칠의 팔을 잡은 손을 떼어 이마에 고인 땀을 닦아 내며 말했다.

"정확하게는 알 수 없지만 아무래도 내상을 입고 시간이 오래 지나 기혈이 굳어버린 것 같구나. 의원을 만나보면 좀 더 정확하게 알 수 있겠지. 지금은 우선 이 자리를 벗어나는 데 힘쓰도록 하자."

"예. 딱히 아프거나 한 곳이 없는 걸 보면 일시적인 문제인 것 같으니 큰 걱정은 하지 마세요."

호칠은 종필을 안심시키려는 생각으로 짐짓 밝은 목소리를 냈다. 그런 마음 씀씀이가 기특하게 생각된 종필은 푸근한 미소를 지어 보이곤 앞장서 달리기 시작했다.

경공을 쓸 수 없는 호칠은 다시 장삼의 등에 업혔다. 이원지는 혹시 있을지 모를 추격을 대비해 가장 후미에 자리 잡았다.

얼마나 달렸을까? 산은 점점 깊어져 사람이 다닐 만한 길이 보이지 않았다.

종필은 자신의 칼을 꺼내 잡목을 잘라내며 길을 만들었다. 길을 만들면서 나가다 보니 자연히 이동 속도는 늦춰졌다. 그렇게 되자 호칠은 장삼의 등에서 내려 걸었다.

누군가 입을 열 법도 하건만 모두들 입을 굳게 다문 채 걸기만 했다. 어디로 가고 있는지도 묻지 않았고, 고가에 대한 이야기도 없었다.

종필은 그저 묵묵히 칼을 휘둘러 길을 열었다. 장삼은 손을 휘둘러 날파리를 쫓았다. 말이 많던 호칠조차 아무 말도 하지 않고 거친 숨을 내쉬며 뒤따를 뿐이었다. 이원지는 독기에 찬 눈으로 간간이 뒤를 돌아보며 경계를 게을리 하지 않았다.

사위는 어느덧 어두워졌다.

내공을 사용하지 못하는 호칠을 제외하고도 모두들 녹초 가 되어 더 이상 이동하는 것은 힘들어 보였다.

종필은 잡목을 잘라내던 도를 들어 날이 상했는지를 살핀 후 도갑에 넣었다.

"이곳에서 한 시진만 쉬었다 가도록 하자."

종필의 말이 떨어지기 무섭게 호칠은 자리에 누웠고, 장삼 과 이원지는 운공을 시작했다.

대 자로 뻗어 있는 호칠의 곁으로 종필이 털썩 자리를 잡았 다.

"내공을 사용할 수 없어 힘들 텐데 잘 따라오는구나."

종필도 제법 지친 듯 잔뜩 가라앉은 음성이었다.

"사부님이 오죽 지독하게 굴렸어야죠. 내외공이 조화를 이 뤄야 된다고. 덕분에 이럴 때는 도움이 되네요."

"우리가 아니라 연 노야께서 계셨다면 이런 일은 없었을 텐데. 미안하구나. 괜히 우리가 실수하는 바람에……."

"뭘 그런 걸, 사부님이 계셨으면 더 큰 사고를 쳤을걸요. 아시잖아요, 사부님 성격."

"아니다. 화산파에 쫓길 일도 없고, 지금 네 내상도 분명 치료할 수 있었을 거다."

"전 괜찮으니 너무 신경 쓰지 마세요. 그보다 다시 길을 가려면 잠시라도 운공을 해서 기운을 되찾으셔야죠. 제가 뻗으면 형님 등에라도 업혀가야 되지 않겠습니까?"

"그래, 내가 널 업어서라도 안전한 곳까지 데리고 가마."

계속해서 괜찮다 말하며 장난스럽게 응수하는 호칠에게 결국 종필도 웃음을 지었다.

종필까지 운기를 시작하자 호칠은 몸을 일으켰다. 그리곤 몇 걸음 떨어진 나무에 몸을 기대었다. 한참 더울 때였지만 산속에서 맞는 밤이라 그런지 땀이 식기 시작하자 제법 시원했다.

호칠은 다리를 주무르기 시작했다. 조금 힘들더라도 제때 뭉친 근육을 풀어줘야 나중에 한 걸음이라도 더 움직일 수 있는 법이었다. 일각 정도 다리를 주무르고 나자 뱃속에서 꼬르륵 하는 소리가 들려왔다.

'그러고 보니 하루를 꼬박 잠들어 있었다 그랬지. 배고플 만도 하네.'

호칠은 행낭을 뒤졌다. 생각대로 건포가 남아 있었다. 호칠은 건포를 씹으며 생각을 정리하기 시작했다.

'일단 염우백이라는 노인이 산장을 버린 것은 거처가 알려졌기 때문일 거고, 그다음은 화산파. 화산파에서 어떻게 알고 우리가 있던 산장에 나타날 수 있었을까. 운기자라는 놈이 눈엣가시 같은 우리를 없애기 위해 잽싸게 알려준 것이겠군. 그럼 다음 염우백이라는 노인의 정체가 뭐냐는 건데. 운기자라는 놈이 교주인 한산동을 대할 때보다 더 어려워하며 모셨단 말이지. 시커먼 옷을 입은 녀석들도 제법 고수 같아 보였고. 교의 높은 인물이라기에는 백련교에서 하는 일을 잘 모르는 것 같아 보였는데… 실제로 소미에 대해서도 몰랐고, 월유성년가 뭔가 하는 걸 만드는 것도 몰랐으니. 뭐, 그건 그럴 수도 있다고 치고, 사부님과는 어떻게 아는 사이지? 사실 그 정도 고수쯤 되면 서로 모르는 것도 이상하긴 하지만 수라파천도의 기수식을 보고 대뜸 사부님에 대해서 물어온 건 서로 잘 아는 사이라는 건데. 잘 아는 사이라고 생각하기엔 뇌전신도를 보고도 아무 말도 하지 않은 건 앞뒤가 안 맞고, 그럼 사부님이 뇌전신도를 얻기 전에 알던 사이라는 건가? 이건 나중에 사부님을 만나면 물어볼 수밖에 없겠군. …만날 수 있다면 말이지.'

확실한 것이 없는 상황에서 생각을 해봐야 제대로 된 결론이 나올 수 없었다. 고민을 더 해봐야 시간 낭비라고 판단한 호칠은 가부좌를 틀고 태청심공을 일으켰다.

혹시나 했지만 역시나. 진기는 기해혈에서만 맴돌 뿐 밖으로 벗어나지를 못했다. 기혈이 막힌 것 같다는 종필의 말을 떠올린 호칠은 힘으로 뚫어보자는 생각에 밀어붙였다. 하지만 은은한 통증만 올 뿐 도통 막힌 것이 뚫리는 느낌은 없었다.

'기혈이 막힌다 해도 이처럼 꽉 막힐 수 있는 건가?'

의문이 들었지만 호칠은 안 되는 건 안 되는 거라 생각하고 포기했다. 가부좌를 풀고 벌렁 누운 호칠은 하늘을 올려다보았다. 밤하늘은 짙은 남색으로 칠해져 있고 한쪽에는 커다란 보름달이 떠 있었다.

'그러고 보니 중추절이네. 월병은 못 먹지만 달구경은 실컷 하는구나.'

호칠은 염우백에게 일장을 맞은 후에도 만월을 올려다본 것이 생각나 속으로 중얼거렸다.

운기를 마친 종필과 다른 두 명의 눈에는 정기가 돌았다. 호칠은 그 모습을 보고 내공이 없어진 것이 실감이 났다. 자신 또한 휴식을 취한 덕에 힘이 돌아오긴 했지만 운기를 한 것만은 못했기 때문이었다. 모두가 움직일 채비를 마치자 종필이 입을 열었다.

"지금부터 산을 내려가 곧바로 낙양으로 간다. 너희도 알았겠지만 화산파와 백련교, 둘 중 하나도 우리가 상대하긴 벅차다. 낙양으로 가서 연 노야에게 도움을 청하는 수밖에 없다고 생각한다. 혹시나 중간에 흩어지더라도 낙양으로 가라. 둘째에게는 이미 낙양으로 오라고 일러두었다."

종필의 말이 맞았다. 염우백은 더 이상 상관하지 않겠다 말했지만 백련교에서는 어떻게 나올지 모르는 일이었다. 설령 백련교에서 가만있더라도 소미를 되찾아야 하는 호칠은 가만히 있을 생각이 없었다. 하지만 호칠의 몸 상태를 생각하면 그것도 불가능했다. 아니, 몸이 정상이라 하더라도 화산파를 뒤에 단 채 소미를 되찾는 것이 불가능하기는 마찬가지였다.

섬서사흉의 누명을 풀 방법이 요원한 이상 화산파의 추격을 떨쳐 낼 방법이 없었다. 결국 일단 낙양으로 돌아가야 했다. 연우심을 만나 호칠의 몸을 치료한 후에 방법을 찾아도 찾을 일이었다. 일행이 알았다 답하자 종필은 다시 길을 내기 시작했다.

제법 깊은 산속으로 들어왔음에도 이곳이 어디인지 훤히 알고 있다는 듯 종필의 걸음걸이에는 망설임이 없었다. 문득 이유가 궁금해진 호칠은 종필에게 물었다.

"형님, 혹시 전에 이곳에 와본 적이 있는 겁니까?"

종필은 빙긋 웃으며 호칠에게 되물었다.

"여기가 어딘지는 아느냐?"

"저야 하루를 꼬박 잤는데 알 리가 있습니까?"

"그도 그렇구나. 여긴 운대봉 인근 산자락이다."

종필의 말에 호칠은 기겁을 했다.

"그, 그럼 여기가 화산이란 말입니까?"

화산은 다섯 개의 봉우리로 이루어져 있었다. 운대봉은 그 중 북봉으로 화산파가 있는 서봉과는 떨어져 있었으나 화산임에는 틀림없었다.

"녀석, 호들갑스럽기는. 어디 화산이 전부 화산파 것이더냐? 화산에 널리고 널린 것이 도문(道門)이고 화산파는 그중 연화봉에 자리 잡은 좀 유명한 곳에 불과하다. 그리고 화음현 근처에 이렇게 높은 산이 화산 말고 또 있겠느냐?"

놀람을 좀 가라앉힌 호칠은 다시 물었다.

"그런데 형님은 이곳 지리를 어찌 아시는 겁니까?"

"나라고 길을 알 리 있느냐. 전에 사부님의 심득을 찾겠다고 저쪽 근방을 뒤져 본 일이 있으니 그곳으로 가면 되겠거니 하고 가는 거지."

종필이 손으로 가리킨 곳을 보니 과연 커다란 바위가 불쑥 솟아 한 자루 검처럼 보여 멀리서도 쉽게 알아볼 수 있었다.

호칠이 고개를 끄덕이는 것을 본 종필은 말을 이었다.

"일단 저곳에 도착하면 마을로 내려가는 길을 찾는 것은 쉬울 것이다. 설령 흩어지더라도 화음현에 도착한 후 황하 포구에 도착하면 낙양까지는 쉽게 갈 수 있을 것이니 기억해 두거라."

종필은 행여 무슨 일이 생겨 흩어지게 되는 것을 염려해 말한 모양이지만 그런 일은 생기지 않았다. 호칠의 걸음이 느려 시간이 지체되긴 했지만 일행은 아무 일 없이 종필이 말한 바위까지 도착했다. 그 뒤로도 큰 문제는 없었다. 결국 다음날 아침나절 즈음에는 화음현에 도착할 수 있었다.

마을은 중추절을 맞아 아침부터 북적거렸다. 그도 그럴 것이 아무리 살기가 어렵다 해도 중추절만큼은 챙기지 않을 수 없는 명절이었다.

도망 중인 호칠 일행에게는 더없이 좋은 일이었다.

종필은 마을에 도착하자 곧바로 객잔을 찾았다. 점소이가 반갑게 맞으며 말했다.

"어서 오십시오. 무엇을 도와드릴까요?"

"방을 한 개 빌리려고 하는데 괜찮겠는가?"

"물론입죠. 근데 때가 때인지라 방 값이 좀……."

종필은 점소이의 말을 다 듣지도 않고 전낭을 열어 은자를 쥐어주며 말했다.

“삼 일치 방 값이네. 남는 돈은 자네가 가지도록 하게. 대충 요깃거리나 챙겨서 잠시 후에 올려 보내고. 아, 저녁은 밖에서 먹고 올 것이니 신경 쓰지 말게나.”

방에서 잠시 쉬고 있으니 방으로 안내한 점소이가 금세 완자탕과 월병을 들고 나타났다.

모두가 배불리 먹은 것을 확인한 종필은 은전을 꺼내 호칠에게 건넸다.

“새 옷을 네 벌 사 오도록 해라. 되도록 눈에 띄지 않게 행동하고.”

별로 어려울 것 없는 일이었다.

호칠이 장삼을 네 벌 사서 돌아오자 종필은 모두에게 옷을 나눠 주며 말했다.

“모두 이 옷으로 갈아입도록 해라. 호칠이 너는 옷을 다 입으면 포구로 가라. 가서 술시 즈음에 탈 것이라 말하고 배를 세 척 빌리거라. 그리고 셋째와 넷째는 밤이 되면 나와 함께 기루에 가서 기녀를 한 명씩 사자꾸나.”

호칠은 종필이 선상(船上)에서 달구경하는 사람으로 위장해 도망칠 생각임을 눈치 챘다.

‘강호란 어쩌면 힘보다는 지혜가 필요한 것일지도 모르겠다. 지금까지 나름 꾀 좀 부린다고 생각했는데 형님에 비한다면 한참 부족하구나.’

호칠이 배를 빌리고 돌아오자 종필은 다시 입을 열었다.

"이제 이 객잔을 나가서는 서로 아는 척을 하면 안 된다. 각자 다른 객잔을 빌리고 술시(戌時)에 맞춰 황하 포구로 가서 배를 타면 된다. 돈만 충분히 쥐어준다면 낙양까지 배를 몰아줄 것이니 별문제없을 것이다. 그리고 호칠이는 나와 함께 가자. 뱃놀이를 나온 가족으로 위장하면 될 것이야."

지금 묵고 있는 객잔에 들어설 때 말한 삼 일을 묵을 거라는 말도, 저녁은 밖에서 먹을 거라고 말한 것도 혹시 모를 추적을 대비해 다른 객잔으로 옮긴 후 혼란을 주려는 의도였다. 적어도 내일 아침이 될 때까지 점소이는 일행이 돌아오지 않는 것을 이상하게 생각하지 않을 것이었다.

자연스럽게 인파에 섞여 흩어진 후 종필은 객잔을 잡지 않고 사람들 틈에 섞여 움직였다.

월병을 파는 노파에게 월병을 사 먹거나, 차력을 보이고 약을 파는 약장수를 한참을 구경하거나 하면서 시간을 보냈다. 날이 조금씩 어두워지자 종필은 호칠을 데리고 골목으로 들어섰다. 종필은 이상하게 보이지 않도록 주의하며 조그만 목소리로 호칠에게 말했다.

"너는 이제 나와 움직일 필요가 없다."

호칠은 순간 무슨 말을 하는 건지 이해가 되지 않았다. 종필의 말은 계속됐다.

"너는 육로로 낙양으로 가거라."

"왜요? 왜 저만……."

호칠의 말은 이어지지 못했다.

"너는 얼굴이 안 알려졌기 때문에 혼자라면 육로로 도망치는 것이 더 안전할 거다. 그리고 설혹 내 계략이 안 통해 나와 사제들이 잡힌다 하더라도 화산파와 너와는 큰 원한이 없으니 굳이 널 잡으려 하지는 않을 거고. 어떻게든 연 노야를 만나거라."

호칠은 종필이 혹시 스스로 희생해서 자신을 도망치게 하려는 것은 아닌가? 라는 생각도 했지만 그런 것 같지는 않았다. 그저 한 명이라도, 그리고 무슨 일이 생기더라도 최소한 호칠만은 도망치게 하려는 마음인 것 같았다.

생각해 보면 싸움이 벌어진다 하더라도 내공을 쓸 수 없는 자신이 도움이 될 것 같지는 않았다. 생각을 마친 호칠이 대답했다.

"그게 제일 나을 것 같네요. 낙양에서 봬요."

"그래, 낙양에서 보자꾸나."

골목으로 사라지는 종필을 뒤로하고 호칠은 다시 사람들 틈에 섞여 마방으로 향했다.

마방 주인이 한혈마의 종자라며 보여준 말은 아무리 봐도 한혈마 같아 보이지는 않았다. 하지만 눈 모양이 방울처럼 생긴 데다 코도 크면서 아랫입술은 둥근 것을 보니 준마는 준마인 것 같았다.

호칠이 잠깐 올라타 보았지만 길이 잘 들었는지 처음 보는 사람이 올라탔음에도 얌전했다. 호칠이 천천히 갈기를 쓰다듬자 말은 기분 좋은 듯 투레질을 했다.

말이 마음에 든 호칠은 값을 치렀다. 은자 오십 냥. 말 한 마리 가격으로는 비싼 값이었지만 값을 흥정할 때가 아니었다. 왕필이 쥐어준 은자는 아직도 많이 남아 있었으니 어려울 것은 없었다.

말을 넘겨받은 호칠은 고삐를 잡고 마을 외곽을 돌아 관도가 있는 곳으로 향했다.

서녘으로 해가 지고 있었다. 지금쯤 섬서사흉 일행도 기녀를 대동하고 배가 있는 곳으로 향할 것이었다.

관도에 다다르니 인적이 뜸해졌다. 호칠이 막 말에 올라타려는 순간, 젊은 남자의 목소리가 들려왔다.

"나는 널 다시 만나길 아주 기대했는데 너도 그런가?"

호칠은 천천히 고개를 돌려 목소리가 들려온 쪽을 바라보았다. 그곳에는 조금 여윈 몰골의 남자가 검을 찬 채로 호칠을 바라보고 있었다. 호칠의 목소리가 신음처럼 새어 나왔다.

"청… 진."

청진은 기분이 좋았다. 그냥 좋은 정도가 아니라 아주 좋았다. 눈앞에 보이는 씹어 먹어도 시원찮은 녀석을 놓친 이후로 화산파에서 자신이 받은 수모는 컸다.

윗사람에게 꾸중을 듣거나 참선을 하는 것까지는 좋았다. 하지만 매화검수의 수좌를 평소에 눈엣가시처럼 여기던 청풍에게 빼앗긴 것은 참을 수 없는 일이었다.

사실 청진이 제재를 당한 이유는 정파인 화산파의 제자가, 그것도 매화검수의 수좌를 차지한 자로서 하지 못할 행동을 한 탓이었지만 청진의 머릿속에선 모든 것은 호칠의 탓으로 변한 지 오래였다.

'키키킥, 장로님들은 너무 늙어서 이젠 생각이 돌아가질 않는다니까. 나보고 가만히 명령에 따르라고 했지만, 명령에 따랐으면 지금 이 녀석을 잡지 못했을 거 아냐? 생각 같아서는 이 자리에서 요절을 내고 싶지만, 그러면 매화검수의 수좌를 되찾는 건 힘들겠지. 그냥 참회동에서 고생하는 모습을 보는 정도로 참는 수밖에.'

원래대로라면 청진 혼자서 호칠을 막을 수 있을 리 없었다. 하지만 청진은 지난번 호칠에게 패한 것을 방심한 탓이라고 굳게 믿었다. 그래서 혼자 빠져나와 관도의 길목을 지키며 호칠이 나타나기만을 기다린 것이었다. 그리고 그것은 호칠에겐 불행이었다.

호칠은 어깨를 으쓱해 보이며 물었다.

"혼자서 무슨 일이야? 같이 다니던 친구들은 다 어디 가고."

호칠은 혹시 사람이 더 있을까 하는 마음에 던진 말이었지만 청진에겐 그저 자신의 상황을 놀리는 것으로만 들렸다. 청진은 이를 부득 갈며 대답했다.

"오늘은 혼자야. 곧 다시 생길 테지만."

청진의 살기가 짙어지는 것을 느낀 호칠은 대충 상황을 짐작할 수 있었다. 관도를 지키고 있는 자가 청진 혼자라는 것을 눈치 챈 호칠은 말을 타고 도망쳐야겠다고 생각했다. 제아무리 발이 빠르더라도 말보다 빠를 수는 없었다.

호칠은 재빨리 말에 올라타곤 박차를 가했다. 하지만 매화검수의 수좌 자리는 쉽게 얻을 수 있는 것이 아니었다.

청진은 빨랐다. 정확히는 청진의 검이 빨랐다. 호칠의 말은 서너 걸음을 옮기기도 전에 청진이 던진 검을 몸통에 박은 채 몸부림쳤다. 더 이상 말 위에 있을 수 없게 된 호칠은 말에서 뛰어내렸다.

청진은 음흉한 미소를 흘리며 다가와 검을 뽑아냈다. 말은 몇 발자국 달리다가 모로 쓰러져 몸부림을 치며 죽어갔다. 말을 타고 도망치는 것이 실패한 이상 방법이 없었다.

스르릉!

호칠은 뇌전신도를 뽑아 들었다. 내공을 쓸 수 없는 이상 위력이 있는 초식을 사용하기는 힘들었다. 기대할 것은 외공으로 다져진 근력과 병기의 이점이었다.

청진은 아무런 말 없이 곧바로 검을 찔러왔다. 호칠은 뒤로 물러나며 청진의 검을 받았다. 당한 대로 돌려주겠다는 듯 청진의 검은 뇌전신도를 감아들며 호칠의 손목을 노렸다.

호칠은 빙글 몸을 반 바퀴 돌리며 팔꿈치와 손목을 이용해 팔을 흔들었다. 요란한 소리와 함께 뇌전신도가 빠져나왔다.

청진은 뒤돌아서 있는 호칠의 등을 향해 검을 찔렀다. 하지만 호칠은 뒤에도 눈이 달린 듯, 무릎을 꺾으며 상체를 숙였다. 호칠이 땅으로 꺼지듯 사라지자 청진의 검은 목표를 잃고 허공을 찔렀다.

호칠은 거기서 그치지 않았다. 몸을 숙인 채 바닥을 쓸며 왼발을 크게 휘둘렀다. 원을 그리듯 청진의 발목을 노리는 공격은 큰 힘이 실리지는 않았지만 시기가 매우 적절했다. 어쩔 수 없이 청진은 뒤로 물러나 호칠의 공격을 피했다. 자연스레 몸이 정면을 향한 호칠은 지체하지 않고 몸을 팅기며 뇌전신도를 아래에서 위로 휘둘렀다.

청진은 검을 들어 막았다. 하지만 뛰어오르면서 휘두른 공격은 제법 큰 힘이 실려 있었다. 게다가 발목을 쓸어오던 호칠의 공격을 황급히 피한 탓에 중심이 흐트러진 상황이었다. 결국 제대로 막을 수 없었던 청진은 손목이 시큰해 오는 것을 느끼며 뒤로 물러섰다.

손해를 본 탓에 잔뜩 화가 난 청진은 호칠을 사로잡아 가겠다는 애초의 생각은 잊고 주저없이 살초를 전개했다.

매화분분(梅花紛紛)의 초식이 펼쳐지며 호칠의 눈을 어지럽혔다. 온몸의 요혈을 파고드는 매화분분을 호칠은 감히 받을 생각을 하지 못하고 물러나 피했다. 쉬지 않고 발을 놀렸지만 완전히 피해낼 수는 없었다. 새로 산 장삼은 곳곳이 찢어져 상처와 맨살을 드러냈다. 그런 호칠의 모습을 본 청진은 기분이 조금씩 풀렸다. 힘겹게 몸을 움직이는 호칠의 모습을 보니 고양이가 쥐를 가지고 놀 듯 천천히 괴롭히다 잡아가는 것도 나쁘지는 않다고 생각했다.

시간이 지날수록 상처는 늘어만 갔다. 방어만 하다가는 질 수밖에 없었다. 결국 호칠은 모든 공격을 막는 것은 포기했다. 살을 주고 뼈를 깎는 방법 말고는 이길 수가 없었다. 청진이 하는 공격을 지켜보니 죽일 생각은 없어 보였다. 그것을 이용해야 했다.

청진은 신나게 검을 휘둘렀다. 찌르고 베고, 또다시 찌르고.

이래야 했다. 자신이 이런 어디서 굴러먹던 놈인지도 모를

놈에게 패할 리가 없었다.

허벅지를 베인 호칠이 절뚝거리며 청진의 검을 피하다가 운문혈에 허점을 드러냈다. 이런 기회를 놓칠 청진이 아니었다. 청진의 검이 독사의 독니처럼 호칠의 운문혈을 노리고 찔러 들어갔다.

차분히 기다린 덕분인가 기회는 왔다. 일부러 드러낸 운문혈을 노리고 청진이 검을 찔러오는 것이 보였다. 호칠은 자신을 찔러오는 검을 향해 뛰어들며 어깨를 살짝 비틀었다.

푸욱 하고 검이 몸을 뚫고 지나가는 것이 느껴졌다. 불로 지지는 듯한 고통이 밀려왔다. 이런 종류의 고통은 익숙해지는 것이 아니었다. 하지만 아파할 틈 따위는 없었다. 호칠은 고통 속에서 뇌전신도를 움직였다. 당황한 표정으로 호칠의 어깨에 박힌 검을 빼려는 청진이 보였다.

서걱 하는 소리가 들리고 청진의 팔이 바닥에 떨어졌다. 뇌전신도가 신병이 아니었다면 지금 호칠의 힘으로는 청진의 팔을 잘라낼 수 없었을 것이었다. 호칠은 새삼스레 연우심에게 고마움을 느꼈다.

청진은 땅에 떨어진 자신의 팔을 한참이나 멍하니 바라보았다.

챙—

호칠이 어깨에 박힌 검을 뽑아 바닥에 떨구자 청진은 그 소

리에 정신이 들었는지 바닥에 떨어진 팔을 집어 들고는 절규
했다.

호칠의 모습도 멀쩡하지는 않았다. 어깨 어림에는 동전만
한 구멍이 뚫려 피가 쏟아져 나오고 있었고, 온몸에는 베인
상처가 수두룩했다.

혹시라도 청진의 절규를 듣고 사람이 몰려들지도 모른다
는 데 생각이 미친 호칠은 걸음을 옮기기 시작했다.

하지만 몇 걸음 옮기기도 전에 사람이 다가오는 소리가 들
렸다. 마을 사람이길 기대하며 고개를 돌렸지만 선명한 매화
문양이 보였다.

"화산파의 청풍입니다. 약속한 대로 다시 찾아왔습니다."

"그런 약속 지키지 않아도 좋아. 혹시 금창약 남는 것 있
나?"

호칠은 지친 듯 한숨을 내쉬며 말했다.

화산을 칭하는 이름은 기험천하제일산(奇險天下第一山).

천하에서 가장 아름다운 산을 꼽을 때, 화산의 앞줄에 다른
명산을 놓거나 망설이는 사람은 있을지 몰라도, 천하에서 가
장 험준한 산을 꼽을 때는 그 누구도 망설이지 않고 화산을
꼽는다.

화산은 산행로(山行路)를 따라 사람을 현혹하는 풍광을 쉴

새 없이 펼쳐 보여주면서 동시에 발아래로는 끝없는 낭떠러지와 깎아지른 절벽을 내어놓았다. 산행로는 종종 한 사람이 운신하기 힘들 만큼 좁은 곳도 나타났고, 심지어 길이 제대로 이어져 있지 않아 낭떠러지를 밑에 두고 이쪽 길에서 저쪽 길로 건너뛰어야 하는 경우도 있었다.

바위는 날카로워 자칫하면 베일 것 같았고, 사람들이 오가는 길이 아닌 곳은 잡목이 우거져 그 속을 들여다볼 수 없었다.

"과연 사람들이 이르길 화산을 오를 때는 '보면서 걷지 말고, 걸으면서 보지 말라' 하더니 그 말이 사실이로군요. 저야 편하게 업혀가니 경치도 구경하고 괜찮지만, 화산파의 제자들께서는 사람까지 업고 이 험한 길을 오르시니 이게 무슨 고생입니까. 땀이라도 닦아드리고 싶지만 보시나시피 손이 안 움직이니 그럴 수도 없군요. 아까 한 시진은 더 가야 된다 그러셨죠? 역시 수행을 하시는 분들이라 다르십니다. 저 같으면 벌써 팽개치고 혼자 갔을 텐데. 그나저나 이렇게 속세와 떨어진 곳에서 영기를 받으며 살다 보면 저 같은 속인(俗人)도 금방 깨달음을 얻을 수 있을 것 같습니다. 하하!"

"허허, 소협께서는 선연(仙緣)이 있는 것 같으니 동굴 속에서 수행하시다 보면 언젠가는 깨달음을 얻어 우화등선(羽化登仙)하실 수 있을 겁니다."

"방금 전에 누가 '동굴 속에 처박아 고생시키면 언젠간 돼지겠지' 이런 말을 한 것 같은데 명색이 도사이신 분이 그런 말을 하실 리는 없고, 아무래도 제가 심마(心魔)가 들었나 봅니다."

"본 파에 당도하면 벽사축귀(僻邪逐鬼)에 능하신 분들이 많으니 금방 괜찮아질 겁니다."

"어디에서 계속 쥐새끼가 찍찍대는 소리가 들리지 않으십니까? 도사님 수염이 꼭 쥐 수염처럼 생긴 탓에 자꾸 도사님이 의심되려 합니다. 이런 오해를 안 받으시려면, 제가 가염(假髥) 잘 만드는 사람을 하나 알고 있는데 소개시켜 드릴 테니 가염을 다시는 게 좋을 것 같습니다. 워낙 잘 만들어서 티도 안 나요."

"호의는 고맙지만 괜찮습니다. 죽은 쥐는 더 이상 울지 못할 테지요."

방금 호칠에게 더 이상 떠들면 죽여 버리겠다고 협박한 중년 도사는 화산파 외당 당주로 화산파가 대외적으로 활동하는 일의 대부분을 책임지고 있는 사람이었다. 외부의 일이라는 것이 으레 그렇듯 무력을 행사할 일이 잦다 보니 강호에서는 화산을 대표하는 검수로 알려져 있는데, 일 처리가 냉정하여 빈틈없고, 검을 휘두름이 도사답지 않게 매서워 무정검(無情劍) 옥류 진인(玉柳眞人)이라 하면 화산파와 껄끄러운 일이 있는 사람으로서는 마주치기 싫은 인물 일순위로 꼽는 자였다.

호칠은 물론 옥류 진인에 대해서 몰랐지만 청풍이 빌려준 금창약으로 어깨를 치료하고 막 비무를 하려는 차에 옥류 진인이 매화검수들과 함께 종필과 장삼을 제압해 나타난 것을 보고 모든 계획이 수포로 돌아갔음을 깨달았다. 호칠이 별다른 저항 없이 순순히 잡힌 것은 특별한 계획이 있기 때문은 아니었다. 단지 싸우면 확실하게 죽는 상황이었으니 일단은 목숨을 부지하고 보자는 생각이었다.

고가는 이미 싸우다 죽었고, 이원지 또한 큰 상처를 입고 황하로 뛰어들었다 하니 십중팔구는 죽었을 것이다.

종필과 장삼은 점혈당한 채 매화검수에게 업혀 화산파로 이송되는 중이었다. 하지만 호칠은 기혈이 굳은 탓인지 점혈이 되지 않았다. 옥류 진인은 의아하게 여겼지만 시간을 지체할 수 없었는지 결국 호칠은 밧줄로 꽁꽁 묶어 운반하기로 했다.

옥류 진인의 말에 따르면 화산파에 도착하는 대로 집법원주에게 조사를 받고 규율대로 처분을 받을 것이라 했지만, 사실 호칠은 이미 어느 정도 포기한 상태였다.

'운이 좋으면 사지의 근맥이 잘린 채 동굴 같은 곳에 넣어지겠지. 유난히 어두워 박쥐와 벌레가 많은 데다 공기도 탁하

고 눅눅해서 상처가 덧나기만 하는, 그런 최악의 동굴에 넣어
질 거야. 젠장!'

　화산파의 건물은 한곳에 모여 있는 것이 아니라 작은 봉우
리와 능선을 따라 상청, 태청궁, 집법당 등등으로 나뉘어 있
었다. 인원은 호칠이 생각했던 것보다 적어 곳곳에 자리 잡은
도관의 숫자만이 예전의 성세를 짐작케 했다.
　집법당에 도착하자 호칠 일행은 객청으로 안내되어 감금
되었다. 방이 깨끗할 뿐이지 밖에서는 매화검수들이 지키고
있어 뇌옥과 다를 바 없었다.
　"아직 처분이 결정나지 않았다고 뇌옥에 넣지 않는 걸 보
면 이것 또한 나름 손님 대접이로구나."
　종필이 자조적인 표정으로 웃으며 말했다.
　"이제 어떻게 되는 걸까요?"
　"오늘은 이미 늦었으니 내일 아침에 집법당주에게 불려가
서 형식적인 몇 가지 질문을 받고 처분이 결정되겠지. 그런
데… 호칠이, 넌 왜 도망 못 치고 잡힌 게냐?"
　종필의 물음에 호칠은 한숨을 내쉬고 자초지종을 설명했
다. 결국 청진은 어찌저찌 이겼다는 부분에서 종필은 크게 놀
란 듯 다시 물었다.
　"정말 이긴 게냐? 내공도 못 쓰는 상황에서?"

"뭐, 운이 좋았죠. 상대가 방심한 것도 한몫했고요. 다시 해보라 그러면 못할걸요. 그러는 형님은 왜 잡히셨어요?"

종필은 입맛을 쩝 하고 다시더니 설명을 하기 시작했다.

"옷 갈아입고, 나누어서 가고 한 일이 모두 헛짓이었지. 처음부터 포구만 지키고 있던 것 같더라. 차라리 처음 마을에 도착했을 때 바로 배 타고 튀었어야 했는데 괜히 머리 쓴다고 한 짓이 자승자박이 된 셈이지."

종필의 설명이 끝나자 장삼은 슬그머니 물었다.

"그나저나 형님, 무슨 계획은 있는 거유?"

"계획은 무슨 계획. 상황 봐서 행동해야지."

종필의 말에 장삼은 기운이 빠지는지 벌렁 누워 천장만 멍하니 바라보았다. 어색한 침묵이 흐르고 한참을 아무 말 없이 누워 있어 잠든 줄 알았던 장삼이 불쑥 입을 열었다.

"막내는… 살았을까요?"

"…독한 놈이니 살았을지도 모르겠다."

"맞아요. 지나가던 사람 낚는 어부가 있을지 어찌 알아요."

방 안에는 다시 어색한 침묵이 찾아왔고 호칠은 어느덧 잠들었다.

잠시 후 어두운 방 안에서 잠든 줄로만 알았던 종필이 슬그머니 일어나 장삼을 흔들어 깨우기 시작했다. 장삼이 눈을 꿈

뼉이자 종필은 장삼에게 작은 목소리로 뭐라 얘기를 하기 시작했다. 이야기를 듣는 장삼의 눈은 졸음기가 점점 사라졌고, 얼마 지나지 않아 고개를 끄덕이는 장삼의 얼굴에는 굳은 결의가 떠올라 있었다.

　호칠은 도무지 입맛이 돌지 않아 음식을 넘길 수가 없었다. 무림에 나온 이후로 죽을 뻔한 적이 한두 번이 아니었지만 지금보다 죽음이 가깝게 느껴진 적은 없었다.
　호칠이 식사를 하지 않는 이유를 모를 종필이 아님에도 종필은 호칠에게 계속해서 음식을 먹으라고 권했다.
　"앞으로 어찌 될 줄 알고 먹지 않느냐. 일단 먹을 수 있을 때 먹어두는 게 좋다."
　종필이 보란 듯 자기 밥그릇을 비우자 호칠 또한 억지로 그릇을 비웠다.
　식사를 마치고 잠시 시간이 지나자 매화검수가 일행을 이끌고 이동했다. 잠시 걷자 집법당이라는 현판이 적힌 건물이 나타났다.
　집법당은 그리 크지 않은 건물로 연화봉 정상에 조금 못 미친 곳에 위치하고 있었다. 건물 주변은 절반 정도가 절벽으로 경치는 좋았으나 위험하기 짝이 없어 보였다.
　호칠 일행이 나타나자 집법당 주변에 대기하던 검수 중 한 명이 안쪽으로 들어갔다. 얼마 지나지 않아 제법 배분이 높아 보이는 인물들이 나타나 집법당 외부에 준비된 의자에 앉았다. 가운데에 위치한 대춧빛 얼굴의 노인이 입을 열었다.

"섬서사흉, 그대들은 평소에도 살인, 방화, 강간 등의 입에 담기 힘들 정도의 악행을 하며 사람들에게 피해를 주었을 뿐만 아니라 칠 개월 전, 원단을 맞이해 여산(驪山)에 살고 있는 부모를 만나기 위해 산을 내려간 화산파의 제자를 화음현에서 암습하여 해치고, 동행하던 곤륜파의 운기자 또한 상하게 하였다. 이 일을 시인하는가?"

이 노인이 집법당주인 것 같다고 호칠이 생각하는 사이 종필이 대답했다.

"우리가 한 일이 아니오."

종필의 목소리는 의외로 담담했다. 하지만 집법당주는 그런 것은 아랑곳하지 않고 그저 할 일을 한다는 느낌으로 이번에는 호칠에게 질문을 했다.

"신호칠은 섬서사흉을 추적하는 매화검수를 암습으로 상하게 하고 무인으로서 수치심을 안겨준 것을 인정하는가?"

"동귀어진하려는 청진이라는 녀석을 살려준 적은 있는데요?"

주변에 있던 사람들이 웅성거리며 수군덕대는 소리가 들려왔다. 집법당주가 손을 들어 소요를 잠재우고 다시 말을 이었다.

"곤륜파의 운기자께서 직접 사흉의 악행에 대해 증언을 하시기로 했으니 그 말을 들어보겠소."

집법당주의 말이 끝남과 동시에 호칠과 종필, 그리고 장삼은 서로를 돌아보았다. 과연 짐작대로 나타난 사람은 폐허지 유적에서 보았던 그 도사였다. 제법 말쑥한 차림을 하고 도관을 쓰고 나타나자 도사 분위기가 물씬 풍겼다.

운기자는 좌중을 향해 읍을 올리곤 말을 하기 시작했다.

"지난 원단 본도(本道)는 개인적인 사정이 생겨 화산의 제자와 함께 화음현에 간 일이 있소이다. 중간에 들른 객잔에서 그만 섬서사흉과 시비가 붙었지만 그 당시엔 무사히 넘어갈 수 있었소. 하지만 그날 야심한 시각에 복면을 쓴 네 명의 인물이 침입해 귀파의 제자를 해하고, 막으려 나선 본도 또한 베고 달아났소이다. 허허, 모두가 능력이 부족한 노도의 탓이라오."

호칠 일행이 보기에는 가증스럽기 그지없는 허언에 불과했으나 화산파의 입장에서는 그렇지 않았다. 화산파의 입장에서는 운기자의 말을 믿는 것이 당연했다. 호칠은 그것 때문에 화산파를 욕하고 싶지는 않았다. 하지만 그렇다고 해서 '나 죽이시오' 하고 머리를 들이밀 수도 없는 노릇 아닌가.

"저놈이 거짓말하는 겁니다!"

호칠이 소리쳤지만 집법당주는 대꾸도 하지 않고 섬서사흉에게 물었다.

"섬서사흉은 이래도 자신의 죄를 인정하지 않을 것이오?"

종필은 고개를 흔들며 조금 전에 한 대답을 반복했다.

"우리가 한 일이 아니오."

집법당주는 종필의 대답 또한 듣지 못한 양 판결을 내리기 시작했다.

"모든 사건의 정황과 섬서사흉의 평소 행실을 보아 판단컨대 지난 원단에 일어난 본 파 제자의 시해 사건은 섬서사흉이 벌인 일로 확정짓는다. 섬서사흉은 사지의 근맥을 끊고 단전을 폐하기로 하며 신호칠은 모두가 지켜보는 앞에서 정당한 비무를 할 것을 명한다. 비무 상대는 부상을 입은 청진을 대신해 청풍이 하도록 한다."

집법당주의 말이 끝나자 줄곧 뒤에 서 있던 검수들이 다가왔다. 종필은 그들의 손을 피하며 소리쳤다.

"무인으로서 사지근맥을 끊긴 채 어찌 살 수 있겠소이까! 비무를 청하겠소! 무인으로 죽을 수 있도록 해주시오!"

종필의 말을 들은 집법당주는 잠시 생각에 잠기더니 주변에 자리한 도사들을 보며 입을 열었다.

"여러 진인들께서는 어떻게 생각하시오?"

"화산파는 도문이면서 또한 검문이기도 합니다. 무인의 마

음을 모르는 바도 아니니 저들의 요청을 받아들이는 것이 좋
을 것 같군요."

다른 도사들의 의견도 대체로 그와 비슷했다. 모두의 의견
을 듣고 고개를 끄덕인 집법당주는 큰 소리로 명했다.

"종필과 장삼, 그리고 신호칠에게 병기를 돌려주도록 하
라."

매화검수 중 한 명이 몸을 날려 사라지고 일각이 채 지나기
전에 무기를 들고 나타났다. 종필은 자신의 도를 받은 후 몇
번 휘둘러 보곤 도집에 집어넣었다. 그리곤 다시 집법당주를
바라보며 말했다.

"비록 두 사제가 없어 섬서사도라 말할 수 없지만, 우리 사
형제는 강호에 출도한 이래 항상 함께 행동해 왔으며 합격술
이 특기요. 천하에 이름이 높은 화산파의 검진과 손속을 겨루
어보고 싶소."

나름 합당한 요구라고 생각한 것인지 아니면 질 리가 없다
고 생각했는지 화산파에서는 종필의 계속되는 청을 들어주었
다.

집법당주가 좋다는 대답을 하자 종필은 대담하게 자리에
주저앉아 운기조식을 시작했다. 그 모습을 본 장삼도 운기조
식을 취했고, 호칠은 뇌전신도를 뽑아 몇 번 휘둘렀다. 도광
이 번뜩였다. 그동안 꽤나 격전을 치렀음에도 뇌전신도의 도

인(刀끼)은 조금도 상하지 않았다.

종필과 장삼이 운기조식을 취하고 호칠이 뇌전신도를 휘두르는 모습을 본 화산파의 도사들은 당황했지만 누구도 나서서 제지하지는 않았다.

이각 정도 지나자 종필과 장삼은 운기조식을 마치고 자리에서 일어섰다.

종필은 집법당주를 향해 포권을 하며 말했다.

"화산파가 천하무림에 영명(令名)을 날리며 정파의 기둥으로 자리 잡고 있는 이유를 종모는 오늘에서야 알게 됐소. 귀파의 제자를 해친 일은 없지만, 강호의 일이 험해 사람을 믿는 것이 쉽지 않음을 알고 있소. 그저 무인답게 죽을 수 있는 기회를 준 화산파의 후의에 감사하는 바이오."

실로 당당하고 기개 넘치는 모습에 집법당주 또한 호기가 동했는지 자리에서 일어나 마주 포권하며 회답했다.

"부디 좋은 비무가 되기를 바랄 뿐이오."

종필과 장삼이 모여 서자 화산파에서도 세 명의 검수가 나타났다. 하나같이 안광이 빛나고 태양혈이 불룩한 것이 수련의 정도가 남다름을 알 수 있었다. 그중 한 명이 입을 열었다.

"화산파의 외당 당주를 맡고 있는 옥류라고 합니다. 화산에 이 인으로 펼치는 검진이 없어 부득이 세 명이 나왔으니

양해해 주시기 바랍니다."

집법당주가 좋은 비무가 되기를 바란다고 말은 했지만 옥류 진인이 직접 나선 것도 모자라 세 명이 나온 것을 보면 이 자리에서 비무를 빙자해 죽여 버릴 심산인 것이 분명했다.

"섬서사도의 대형인 종필이라 합니다. 괜찮으니 너무 괘념치 않으셔도 됩니다."

통성명을 끝내자 양쪽 모두 자신의 무기를 들어 대치했다.

호칠은 그 모습을 보자 자신도 모르게 불끈 힘이 들어갔다. 자신도 호기롭게 싸워보고 싶었다. 하지만 여전히 진기는 기해혈에서 똬리를 튼 채 움직이지 않았고, 이런 상태라면 청진이 그동안의 빚을 갚으면서 이자까지 듬뿍 얹어줄 것이 분명했다.

'아, 청진은 팔이 잘려서 청풍이랑 비무하기로 했던가? 그쪽이 더 강할 것 같은데. 뭐, 어느 쪽이든 아마 죽게 되겠지.'

절벽을 타고 바람이 올라와 호칠의 뺨을 스쳤다. 바람이 제법 차가웠다. 소미를 찾으려 강호에 나온 것이 꿈만 같았다. 동시에 백마반점에서 만두를 팔던 게 먼 옛날 일처럼 느껴졌다. 소미에게 미안하다는 생각이 들었다. 그냥 무공 같은 걸 배우지 않았더라면 더 좋았을 것 같았다. 그도 아니면 좀 더 강했다면 좋았을 것이다. 호칠은 자신의 무능력함에

화가 났다.

　호칠이 상념에서 벗어나 종필과 장삼을 바라보니 둘 모두 등만 보이고 얼굴이 보이지 않았다. 화산의 검수들과 한차례 교환이 이루어질 때마다 둘은 속절없이 뒤로 밀려나고 있었다. 싸우고 있는 둘과 호칠의 거리는 조금씩 가까워졌다.

　챙, 하고 병기가 부딪치는 소리가 나고 종필과 장삼은 약속이라도 한 것처럼 자신들의 병기를 버리고 몸을 돌려 호칠에게 달려들었다. 그리곤 호칠을 붙잡은 채 절벽 아래로 몸을 날렸다.

　누가 절벽으로 뛰어내릴 것이라 생각했겠는가! 절벽 끝으로 몰려든 화산파의 도사들은 당황하며 떨어지고 있는 호칠 일행을 바라보았다. 하지만 호칠이 보기엔 화산파의 도사들이 점점 멀어지고 있는 것으로 보였다. 화산파 도사들의 모습은 점점 빠르게 작아졌다. 호칠의 귓가에는 바람 스치는 소리가 들려왔다. 종필과 장삼은 앞뒤로 호칠을 감싸 안고 있었다.

　바람이 스치는 소리 사이로 종필의 목소리가 들려왔다.

　"짧은 시간이지만 즐거웠다. 연 노야께 죄송하다고 전해다오. 하늘이 돕는다면 살아날 수 있겠지."

　장삼의 목소리도 들려왔다.

"대형이 그러는데 우리는 살아봤자 별수없지만 넌 다를 것 같단다. 내가 보기에도 그렇긴 해. 꼭 살아서 복수해라."

둘의 생각을 알아버린 호칠은 아무 말도 할 수 없었다.

호칠과 한 덩이가 된 종필과 장삼은 불쑥 튀어나온 날카로운 바위나 절벽에서 자라난 소나무 따위와 몇 번이나 부딪치며 내려갔다.

끝도 없이 펼쳐질 것 같은 절벽도 어느새 끝나고, 호칠은 정신이 들었다. 해는 높게 떠 있었고 멀리서 새소리가 들려왔다.

처음에는 땅인가 싶었지만 알고 보니 절벽 중간에 불쑥 튀어나온 둥그런 바위에 걸려 있는 것이었다. 바위는 종필과 장삼, 그리고 호칠이 올라 있음에도 한참이나 자리가 남을 만큼 컸다.

호칠은 몸을 끌고 다가가 종필과 장삼을 살폈다. 코에 손가락을 대보았지만 숨을 쉬지 않았다. 가슴에 귀를 대보았지만 차가운 감촉이 둘이 죽었다는 걸 더욱 확실하게 알려줄 뿐이었다.

종필과 장삼은 마지막 순간까지 호칠을 잡고 놓지 않았는지 손에는 찢어진 옷자락을 쥐고 있었다. 고가와 이원지, 종필과 장삼. 섬서사흉은 모두 호칠을 살리고 죽었다.

“종필 형님, 하늘은 사람을 돕지 않아요……. 다만 사람만이 사람을 도울 뿐입니다.”
호칠은 종필과 장삼의 시신을 붙들고 하염없이 눈물을 흘렸다.

第六章
전화위복(轉禍爲福)

　　※ "이놈아, 울려면 딴 데 가서 울어! 에잉! 사내자식이 칠칠맞게."

　호칠은 어딘가에서 들려온 카랑카랑한 목소리에 놀라며 주변을 살폈다. 하지만 사람의 모습은 어디에서도 찾을 수 없었다. 심지어 고개를 들어 절벽을 바라보았지만 절벽 중간에 사람이 있을 리 없었다. 호칠은 충격이 너무 커서 환청까지 들리는가 싶었지만 생각을 마치기가 무섭게 다시 목소리가 들려왔다.

　"야, 너! 다 울었냐? 다 울었으면 기어올라 와봐."

말이 끝나고 잠시 후 절벽 중간에서 푸른빛이 도는 밧줄이 떨어져 내렸다.

호칠은 도대체 무슨 조환가 싶어 올려다보았지만, 아무리 보아도 절벽 한가운데서 불쑥 밧줄이 튀어나온 것으로밖에는 보이지 않았다.

어찌 되든 지금보다 나쁠 것은 없다는 생각에 호칠은 밧줄을 잡았다. 푸른빛이 도는 밧줄은 때가 반질반질 타 있어 원래 무엇이었는지 짐작하기가 힘들었다.

종필과 장삼이 충격을 대신 받았다 하더라도 정도가 있는 법. 호칠의 몸 또한 군데군데 아프지 않은 곳이 없었다. 게다가 청진과의 싸움에서 얻은 상처 또한 간신히 덧나지 않고 있는 상황이었다. 고통을 참으며 한참을 고생해 밧줄을 타고 오르자 동굴이 불쑥 나타났다. 자세히 살펴보니 동굴 입구의 아랫부분이 튀어나와 있었다. 그러니 밑에서는 아무리 올려다보아도 동굴이 있는 것을 알 도리가 없었다.

"뭘 멀뚱히 있어. 다 올라왔으면 기어들어 오지 않고."

예의 카랑카랑한 목소리가 동굴 안쪽에서 들려왔다.

"그럼 염치 불구하고 실례하겠습니다."

호칠의 대답이 마음에 들었는지 가래 끓는 웃음소리가 동굴 안쪽에서 다시 들려왔다.

호칠이 조심스레 동굴 안쪽으로 들어서자 나이를 짐작할

수 없는 봉두난발의 괴인이 앉아 있고 손에는 푸른 밧줄이 들려 있었다.

'저 괴인은 몸집도 작아 보이는데 어떻게 내 무게를 앉은 채로 감당했을까? 강호에 떠도는 천근추의 신법이 과장된 것을 생각하면 이 괴인의 공부(工夫)는 놀라운 수준이다.'

괴인은 호칠이 완전히 들어온 것을 확인한 후 손을 흔들어 푸른색 밧줄을 잡아당겼다. 밧줄은 빠른 속도로 동굴 안으로 빨려 들어왔다. 정성스럽게 밧줄을 말아 갈무리한 괴인은 호칠을 가까이로 불렀다.

"나이가 들어서 그런지 눈이 침침하다. 가까이 좀 와봐."

호칠은 괴인의 말에 따라 괴인의 앞자리로 가 섰다. 동굴의 천장은 높아서 호칠이 곧추서고도 위로 일 장은 남았다. 하지만 깊이는 그리 깊지 않아 삼 장 정도에 불과했다. 모양을 보자면 인공적으로 만든 동굴이 틀림없었다.

호칠이 자신에게 다가오는 것을 본 괴인은 조금 실망한 목소리로 물었다.

"너 저 위에서 떨어지고 사지가 멀쩡한 거냐? 어디 아프거나 안 움직이는 데 없어?"

"좀 뻐근하지만 움직일 만한데요?"

"니미럴! 모처럼 하나 건지나 했더니 이런 말도 안 되는 경우가 있나! 사람이 절벽에서 떨어지고 어떻게 멀쩡해!"

괴인이 갑작스레 화를 내는 통에 호칠은 정신이 없었다.

'정말 종잡을 수가 없는 사람이다. 가라 할 때는 언제고, 갑자기 부르더니 사람이 아프지 않다고 말하니 화를 내는구나. 하지만 이런 곳에 홀로 사는 것을 보면 강호의 은거기인임이 분명할 텐데, 무림인치고 절벽에서 떨어져서 고수 안 된 놈이 없다더니 그 말이 정말인가 보다.'

괴인을 은거기인이라고 판단한 호칠은 상대의 비위를 맞춰주기로 했다.

"아니, 뭐가 문제이신 건데요?"

"됐다. 아픈 데 없으면 썩 꺼져라."

"아픈 데야 많죠. 어깨도 아프고, 왼쪽 다리도 사실 좀 잘 안 움직이고……."

괴인이 손을 뻗어 호칠의 왼쪽 다리를 만지려 하자 호칠은 짐짓 다리가 안 움직이는 척 연기하며 몸을 굴려 괴인의 손을 피했다. 하지만 괴인은 다리를 향해 뻗던 손을 그대로 동굴 바닥을 향해 내려쳤다. 그 반동을 이용해 몸을 날린 괴인은 호칠을 덮쳤다.

호칠은 앉아 있는 줄로만 알았던 괴인이 사실은 허벅지부터 잘려 나가 다리가 없는 것임을 알고 기겁을 했다. 호칠이 놀라는 사이 괴인은 호칠의 다리를 몇 번 주물러 보고, 어깨의 상처까지 확인하고는 크게 화를 내며 말했다.

"다리는 멀쩡하고, 어깨는 침만 발라도 나을 상처로구나! 어디서 거짓말로 내 비전심법을 날로 먹으려 하느냐! 내 이놈을 당장……."

괴인의 입에서 비전심법이라는 말이 나오자 호칠은 이거로구나 싶었다. 어떻게 해서든 이 괴인에게 잘 보여야 했다.

"어이쿠, 어르신. 어르신께서는 왜 망가진 팔다리를 원하시는 겁니까?"

괴인은 호칠이 갑작스레 물어오자 자신의 기구한 운명을 떠올렸다. 괴인은 호칠을 내려치려던 손을 내리며 입을 열었다.

"그 이야기를 하자면 길다."

호칠은 일이 잘되어간다는 생각을 했다. 괴인의 다리가 없는 것을 보면 분명 원한이 있을 것이고, 자신이 그것을 갚아주는 조건으로 무공을 전수받으면 되는 것이었다. 원한을 갚을 상대가 너무 강하면 문제가 되겠지만 그건 그때 생각할 일이었다.

"노부가 바로 천허자(天虛子)다."

"……."

뜬금없이 자신을 천허자라고 밝힌 괴인은 호칠이 놀라기를 바란 모양이었지만 강호 인물에 무지한 호칠로서는 천허자가 누군지 알 리 없었다.

천허자는 무안했는지 헛기침을 몇 번 하곤 다시 말했다.

"강호에서 활동할 때는 무영자(無影子)라고도 불렀지."

무영자라는 별호를 듣고 호칠은 경공이 특기였을 거라 짐작했다. 노인의 비위를 맞춰줘야 했기에 호칠은 이제야 알겠다는 듯 소리쳤다.

"아! 그 전설적인 경공의 대가이신 무영자 어르신이었군요!"

"그래. 화산파에서 배출한 불세출의 기재이자 당대 제일의 경공술을 지닌 사람이 바로 나다. 자랑처럼 들릴까 봐 잘 안 하는 말이긴 한데, 말이랑 시합해서 이긴 적도 있어. 뭐, 나중에 더 배울 것이 없어서 라마승들의 무공을 조금, 그러니까 아주 쪼금 얻어 배웠는데 그것 때문에 마교의 첩자로 몰려서 화산파에서 파문당했지."

천허자가 경공이 뛰어났던 것은 사실이었지만 강호에서 무영자라 불린 기간은 매우 짧았다. 오히려 마교의 첩자라는 누명 때문에 천존마제(天尊魔帝)라는 이름으로 불렸지만 호칠도 천허자도 그런 사실을 알 리는 없었다.

"그런 억울한 일이! 화산파에서는 예전부터 제대로 알아보지 않고 일을 대충대충 처리했군요."

"너 화산파에 원한이 있구나. 하긴 저 위에서 떨어질 때부터 알아봤다. 그 당시에 난 능공허도에 대해 연구했기 때문에 그것만 믿고 뛰어내렸지.”

“그래서요! 능공허도는 성공하신 거예요?”

“사실 다 성공한 거였는데 내공이 부족한 게 문제였지. 몇 발은 허공을 걸었는데 그 뒤부터는 떨어지기 시작하는 거야.”

호칠은 조금 의심스러웠다. 말이 능공허도지 그냥 떨어지는 것과 뭐가 다른가.

“그래서 절벽을 타고 달렸지.”

호칠의 얼굴에는 다시 화색이 돌기 시작했다. 능공허도가 아니면 어떤가, 절벽을 타고 달릴 정도의 경공인데!

“그런데 중간에 갑자기 동굴이 있는 거야. 이 동굴 말이지.”

천허자는 손으로 동굴 바닥을 탁탁 치더니 다시 말을 이었다.

“동굴 속으로 갑자기 발이 쑥 빠지는 바람에 균형을 잃고, 네가 걸린 그 바위에 나도 부딪혔지. 덕분에 다리는 망가졌고.”

“그런…….”

호칠의 ‘그런’은 어처구니가 없어서 나온 말이었지만 천허자는 그것을 자신의 신세를 불쌍히 여겨 나온 말이라 생각했다.

"다리를 못 쓰게 된 것에 충격을 받고 스스로 목숨을 끊으려던 차에 생각이 난 거야."

"뭐가요?"

"라마승한테 배운 비술 중에 상처를 빨리 낫게 하는 게 있었거든. 결국 그날부터 그 비술이랑 내가 아는 심법들이랑 섞어서 뼈랑 근육을 회복시키는 심법을 만들기 시작했지."

호칠은 다리가 있었을 거라 짐작되는 곳을 바라보곤 물었다.

"그런데요?"

천허자는 한숨을 푹 내쉬곤 대답했다.

"심법을 완성하는 데 너무 오래 걸려서 다리는 이미 쓸 수 없게 된 거지."

"그럼 그 심법은 한 번도 성공해 본 적이 없는 거네요?"

천허자는 무슨 말을 그렇게 하냐는 표정으로 말했다.

"아니지. 한 번도 실패한 적이 없는 거지."

"…그래서 그 심법으로 망가진 근골을 되살리면 뭐가 좋은데요? 뭐 더 튼튼해지거나, 금강불괴가 된다거나 그런 거 없어요?"

"금강불괴 같은 소리 한다. 듣자 하니 부러졌다 다시 붙은 뼈가 더 단단하긴 하다더라."

"그럼 좋은 거 없네요?"

천허자는 애가 무슨 그런 섭섭한 소리를 하냐는 표정으로 다시 말했다.

"아무리 심하게 망가진 근골이라도 다시 회복된다니까!"

"안 망가진 사람한테는 필요없잖아요."

"그러니까 내가 너를 보고 실망한 거지."

천허자는 갑자기 좋은 생각이 난 듯 눈을 빛냈다. 천허자의 눈빛을 본 호칠은 오싹한 기분에 자신도 모르게 뒤로 물러서려 했다.

"그래서 하는 말인데… 좋은 일 하는 셈치고 다리 하나만 부러뜨려 보면 안 될까? 확실하게 붙여줄게."

"말이 되는 소릴… 컥!"

호칠의 말은 제대로 이어지질 못했다. 땅을 쳐 몸을 날린 천허자가 호칠의 마혈을 가격했기 때문이었다.

"…해요!"

맞은 충격에 잠시 말을 잇지 못했지만 호칠은 하려던 말은 마저 했다. 천허자는 마혈을 점했음에도 호칠이 멀쩡하게 움직이자 이상하다 느꼈는지 다시 점혈을 시도했다.

하지만 결과는 변함이 없었다.

"후후. 전 기혈이 굳어서 점혈 안 돼요."

호칠의 말을 들은 천허자는 세상에 이렇게 무식한 놈은 처음 보겠다는 듯 한숨을 쉬곤 말했다.

"기혈 굳는 게 무슨 자랑이라고. 그리고 기혈이 굳으면 그
게 시체지 사람이냐? 아, 절맥은 기혈이 굳는다던데. 너 혹시
절맥이냐? 그러면 지금까지 살아 있을 리가 없지만……. 어
디 맥이나 한번 보자."

호칠의 맥을 확인한 천허자는 알 수 없다는 듯 고개를 갸우
뚱거렸다. 그러다가 동굴 바닥을 쳐 동굴 안을 정신없이 돌아
다녔다. 처음에는 바닥만 치더니 점점 속도가 올라가면서 벽
과 천장까지 치면서 움직였다.

'손으로만 움직이는 데도 저 정도면 과연 예전에는 어땠을
지 짐작할 수도 없겠다.'

천허자의 움직임은 빠르면서도 기묘한 부분이 있어 다음
움직임을 예측하기 힘들어 어떻게 공격해야 할지 감이 잡히
지 않았다. 호칠이 천허자의 움직임을 지켜보는 중 호칠의 눈
앞에 불쑥하고 천허자의 얼굴이 나타났다.

"너 왜 이런 몸이 됐는지 자세히 얘기해 봐라."

호칠은 염우백을 만난 후부터의 일을 천허자에게 설명했
다. 대충 이야기를 들은 천허자는 호칠의 몸을 다시 한 번 진
맥한 후 또다시 한참을 잔영을 남기며 움직였다.

다시 호칠의 눈앞에서 움직임을 멈춘 천허자는 호칠에게
말했다.

"만약 순전히 자신의 의도로 이런 공격을 할 수 있다면 그

건 이미 사람이라고 할 수 없다. 그러니까… 네가 펼친 공격
은 눈 녹듯 사라졌다고?"

"네."

"뭐, 네가 펼친 공격 따위 염두에 둘 것도 없겠지. 그럼 그
다음. 네 무기를 쳐냈다고?"

"네."

호칠의 대답에 천허자는 불쑥 호칠의 뇌전신도를 잡아 뽑
았다. 신중한 눈빛으로 한참을 뇌전신도의 도신을 관찰한 천
허자는 돌연 뇌전신도를 들어 바닥의 조그만 돌멩이를 내려
쳤다. 그리곤 잘린 돌멩이를 유심히 바라보곤 말했다.

"뭐, 좋은 칼이긴 하다만 예기가 너무 짙어. 강한 기운이라
면 잘라내 막았겠지만 그처럼 유한 기운이라면 이 칼만으로
는 부족해. 뭐, 그런 거 말고 다른 거 없어?"

호칠은 문득 산에서 내려온 후, 옷을 갈아입을 때 연우심이
준 호신패가 부서져 있던 걸 본 기억이 났다.

"사부님께서 주신 호신패가 있었는데, 그게 부서져 있었어
요. 그런데 침투경 계열의 장력인 거 같은데 호신패 같은 게
소용이 있을까요?"

천허자는 눈빛을 빛내며 물었다.

"혹시 그 호신패라는 것이 아주 잘게 부서져 있더냐?"

"네. 거의 굵은 소금 정도로 잘게 부서져 있었죠."

천허자는 손을 짝 소리가 나게 마주치더니 말했다.

"네 사부라는 사람한테 고마워하는 게 좋을 거다."

영문을 몰라 어리둥절해하는 호칠에게 천허자는 친절하게 설명했다.

"대저 호신패라는 건 잘게 부서질수록 좋은 물건이지. 네 말마따나 굵은 소금 정도로 부서지는 호신패라면 최상급의 물건이다."

호칠이 여전히 이해하지 못하는 듯하자 천허자는 생각을 잠시 하더니 다시 설명하기 시작했다.

"그래! 침투경이 뭐냐? 겉에는 피해를 안 주고 속에 온전히 피해를 주는 것 아니더냐?"

"그렇죠."

호칠이 고개를 끄덕이며 말했다.

"그러면 침투경으로 사람의 배를 때리면 어떻게 되지?"

"내장이 진탕되고 내상을 입죠."

"그것 말고도 침투경으로 죽은 사람의 배를 갈라보면 내장이 온통 물처럼 흘러내리지. 완전히 부서진다는 뜻이다. 그러면 호신패가 완전히 잘게 부숴진다는 건 뭘 뜻하느냐?"

"완전히 충격을 흡수한다는 거군요."

"그래, 그렇기 때문에 침투경에서도 보호해 줄 수 있는 거고."

"그런데 왜 이런 흔적을 의도해서 남길 수 있으면 사람이 아니라는 겁니까?"

호칠의 질문에 천허자는 인상을 찌푸렸다.

"기혈이 가닥가닥 끊어지고 내공이 없으면 사람이 어찌 네 놈처럼 멀쩡히 돌아다니겠느냐. 벌써 방바닥에 누워서 병수발을 받아야지. 그걸 조절해서 보통사람처럼 살아가게 만든다는 게 쉬운 일인 줄 아느냐? 무공은 폐하고 보통사람으로 만들어놓으니 자비는 자비이되, 무인의 자비는 아니지."

호칠은 고개를 끄덕이더니 그래도 의문이 남았는지 다시 입을 열었다.

"그런데 전 내공은 고스란히 남아 있는데요?"

"엥? 내공이 남아 있다고? 기혈이 끊어져 남아나질 않았는데 어찌 내공이 남아 있을 수 있느냐?"

"기해혈에 고스란히 있는데 무슨 소리예요."

천허자는 호칠의 기해혈에 손을 대보더니 또다시 고민에 빠졌다. 다시 정신없이 움직일 줄 알고 눈을 부릅뜨는 호칠에게 천허자는 곧바로 물어왔다.

"너 혹시 도가 계열의 심법을 익혔나?"

호칠은 경공의 대가가 아니라 점쟁이라는 생각을 하며 대답했다.

"에? 어떻게 아셨어요?"

"에에잉! 어찌 네놈 같은 무지렁이가 복은 그렇게 많은 게
냐. 잘 들어라. 내공이라는 게 한곳에 쌓인다고 생각하기 쉽
지만 실은 계속해서 움직이는 거다. 심법에 따라 다르지만 보
통 기해혈에 기가 많이 모일 뿐이고, 계속해서 움직이지 않으
면 사라지지. 그래서 기혈이 끊어지면 갈 데 없이 사라져 버
리는 거다. 그런데 도가 계열의 심법, 그중에서도 극소수의
뛰어난 심법만이 내단을 만들 수 있지. 연단술을 몸에다 적용
하는 거라고 보면 돼. 애초에 도가의 심법은 그걸 위해 만든
거니까. 그래서 속성은 힘들지만 한 줌 진기로도 몸을 보호하
고, 적은 내공으로도 꾸준히 힘을 발할 수 있는 거지. 아무튼
넌 내단이 만들어졌기 때문에 내공이 사라지지 않는 거다. 기
혈만 회복하면 다시 예전으로 돌아갈 수 있어."

호칠은 천허자의 말에 극락에서 나락으로 떨어지는 기분
을 느꼈다.

"기혈이 무슨 새끼줄입니까? 끊어진 걸 그렇게 쉽게 잇
게?"

"이놈이! 지금까지 뭘 들은 거야! 내가 가진 심법이 근골
회복하는 데 좋다 그랬지!"

"네. 근골 회복하는 데 좋죠."

"그럼 좀만 손봐서 기혈 회복하는 데 좋은 걸로 바꾸면 되
잖아."

"기가 돌아야 운기를 하죠."

"그러니 차근차근해야지. 외부에서는 나도 도울 테니 넌 기해혈부터 시작해."

"그럼 언제부터 할 수 있는데요?"

"일단 네 몸 상태에 맞도록 심법부터 손봐야지. 네 녀석이 익힌 심법도 좀 내놔봐라. 상성도 고려해서 만들어야 되니까."

호칠은 그럴 줄 알았다는 듯 천허자를 위아래로 훑어봤다. 그 모습에 천허자는 또다시 분통이 터진 듯 소리쳤다.

"야 이 자식아! 나 화산제일기재 천허자야! 나도 좋은 심법 많고, 좋은 무공 많아! 괜히 라마승이랑 친하게 논 거 아냐! 싫으면 하지 마! 네가 아쉽지, 내가 아쉽냐?"

"아니, 제가 언제 싫다 그랬어요? 어르신 흥분하면 몸에 안 좋아요."

호칠은 아무래도 미심쩍었지만 어차피 현재로서는 천허자를 믿는 방법밖에 없었기에 태청심공의 구결을 털어놓았다.

분을 가라앉힌 천허자는 태청심공의 구결을 몇 번이고 들어 확인했다.

그 뒤로 천허자는 작은 목소리로 무언가를 중얼거리며 동굴 안을 쉴 새 없이 돌아다녔다. 그 모습을 잠시 지켜보던 호칠은 종필과 장삼의 시신을 수습하기 위해 동굴 밖으로 나왔다.

종필과 장삼의 시신은 엉망이었다. 찢긴 상처가 있는 것은 당연했고 어떤 곳은 살점이 떨어져 나가 아예 휑한 곳도 있었다. 그나마 팔다리가 온전한 것이 감사할 일이었다.

호칠은 넝마가 된 자신의 옷을 찢어냈다. 천 조각으로 종필과 장삼의 시신을 구석구석 닦아냈다. 그렇게 닦아봤자 엉망인 것은 마찬가지였지만 닦아내기 전보다는 나아 보였다.

'무덤이라도 만들어 드려야 할 텐데.'

둥그런 바위 위에서 땅을 내려다보니 지상과의 거리는 십 장 정도로 생각보다 가까웠다. 종필과 장삼의 시신을 업고 내려가고자 한다면 조금 고생하면 충분히 내려갈 수 있을 것 같았다. 하지만 산짐승이 혹시라도 시신을 훼손할지도 모른다는 데 생각이 미친 호칠은 밑에서 돌을 옮겨와 지금 있는 곳에 돌무덤을 만들기로 마음먹었다.

호칠은 자신의 옷을 찢어 돌을 담을 만한 주머니를 만들었다. 그리고 절벽을 오르내리며 작은 돌을 주워 날랐다. 그렇게 옮긴 돌들로 돌무덤을 만들 생각이었지만 내공도 사용하지 못하고, 어깨까지 다친 상황에서 절벽을 오르내리는 것은 생각보다 힘든 일이었다.

둥그런 바위와 지면까지의 거리가 그리 먼 거리는 아니었음에도 절벽에 튀어나온 바위들은 쉽게 살을 찢을 만큼 날카로웠고, 발을 디딜 자리 또한 마땅치 않았다.

호칠이 세 번째로 절벽을 내려와 주머니에 조그만 돌을 모아 담고 있는 중이었다.

푸드득 하는 소리가 들려 바라보니 몸집이 거의 사람만 한 하얀 새 두 마리가 종필과 장삼의 시신을 쪼아 먹고 있는 것이 아닌가! 호칠이 돌멩이를 던져 새를 쫓았지만 그때뿐이었다. 돌팔매가 끝나면 언제 도망쳤냐는 듯 다시 내려와 시신을 쪼는 통에 돌을 모으는 일은 도무지 진전이 없었다. 결국 호칠은 더 이상 돌을 모으지 못하고 다시 시신이 있는 곳으로 돌아올 수밖에 없었다.

호칠이 절벽을 오르는 동안 열심히 종필과 장삼의 시신을 쪼던 두 마리의 새는 호칠이 뇌전신도를 뽑아 들고 위협을 하자 공중을 배회하며 기회만 노렸다.

종필과 장삼의 시신은 흉하게 뜯겨 있었다. 기껏 시신을 수습해 놓은 호칠로서는 울화통이 터지는 일이었다.

호칠은 계속해서 시신을 노리는 새를 향해 뇌전신도를 휘둘렀다. 그렇게 시간이 지나고 해가 지기 시작하자 두 마리의 새는 절벽 위쪽으로 날아가 보이지 않게 되었다.

얼마간 시신을 더 지키던 호칠은 동굴 안으로 돌아와 천허자에게 물었다.

"어르신, 혹시 몸집이 크고 하얀 새에 대해서 좀 아십니까?"

천허자는 호칠의 질문에 낄낄 웃으며 대답했다.

"천골조(天骨鳥)를 말하는 거로구만. 그건 왜 묻냐? 예전에 나한테 호되게 당한 적이 있어서 사람에게 덤비지는 않을 텐데."

"그게 제 은인들의 시신을 엉망으로 만들어서……."

"그게 있었구만. 절벽 사이에 둥지를 만들어 사는 놈인데 성질이 사나운 것만 빼면 가히 영물이라 할 만한 놈들이다. 또 힘이 세고, 날래기가 이를 데 없으니 고생 좀 하겠구나."

천허자의 말을 들은 호칠은 천골조가 자신이 잠든 사이 시신을 파먹지 않을까 걱정되었다.

호칠이 동굴 입구에서 계속 시신을 지켜보고 있자 천허자는 또 낄낄 웃으며 말했다.

"해가 지고 나서는 천골조가 돌아다니지 않으니 걱정 안 해도 된다."

"지금까지 그랬다고 해서 항상 그런다는 보장은 없지 않습니까? 이곳에 먹을 것이 있다는 것을 알았으니 다시 나타날지도 모릅니다."

"걱정 안 해도 된대도 그러네."

천허자는 처음 호칠이 동굴에 올라올 때 잡고 올라온 푸른 밧줄을 보여주며 말했다.

"이건 청린사(靑鱗蛇)라는 뱀의 껍질을 엮어 만든 밧줄이다. 이 청린사라는 놈은 알[卵]만 먹고 사는 뱀인데, 그중에서도 제일 좋아하는 게 천골조의 알이지. 해가 지고 나면 이놈이 움직이기 시작하니 제아무리 천골조라도 알을 지키기 바빠 돌아다니지 못한다. 이제 좀 알겠나?"

호칠은 아무리 그래도 영물이라는 천골조가 한낱 뱀 때문에 고생한다는 것이 이해가 되지 않았다.

"천골조는 영물이라면서요?"

"청린사도 영물이거든."

천허자는 보여주겠다는 듯 종필과 장삼의 시신에서 수습해 온 도를 들어 호칠이 밧줄로 생각하고 있던 청린사의 껍질을 내려쳤다. 제법 힘을 실어 내려쳤음에도 청린사의 껍질은 조금도 상하지 않았다.

"뭐, 내가 전력으로 내려친다면 잘리겠지만… 아무튼 청린사의 껍질은 단단한 것은 아니지만 질기다. 그래서 바위를 깨는 천골조의 부리로도 해를 입힐 수가 없는 거지."

놀란 표정을 짓고 있는 호칠에게 천허자는 웃으며 말을 이었다.

"어쨌든 내일부터는 고생 좀 하겠구나. 그리고 밖에 돌아다니는 김에 먹을 것도 좀 구해와라. 그동안 나 먹을 건 내가 구했다만, 이제부터 바빠질 테니 네 녀석 신세 좀 져야겠다."

"네. 천골조 고기라도 드실래요?"

"잡아먹히지나 말아라, 이놈아."

웃으며 말하는 호칠에게 천허자 또한 낄낄거리며 말했다.

다음날부터 호칠의 고생은 시작됐다.

해가 뜨자마자 기다렸다는 듯 천골조는 내려와 시신을 뜯어 먹으려 했다. 천골조가 올 것을 경계하던 호칠이 뇌전신도를 휘둘러 쫓아내긴 했지만 천골조는 여전히 주위를 맴돌며 기회만 엿봤다.

이렇게 되자 지치는 것은 호칠이었다. 빨리 무덤을 만들어야 함에도 도무지 자리를 뜰 수가 없었다. 절벽 아래로 내려갈 수조차 없었다. 괜히 영물이라 불리는 것이 아니었다. 일부러 둥지로 돌아가 호칠이 자리를 비우기만을 기다리는 모습까지 보이니 호칠로서는 속이 탈 지경이었다.

무시하고 절벽을 내려가자니 절벽을 타는 동안 천골조가 내려와 시신을 뜯어 먹을 것 같았다. 천허자가 막아준다면 모든 것이 편하겠지만, 천허자는 빨리 먹을 거나 가져오라는 소리만 할 뿐 도와줄 생각은 눈곱만치도 없어 보였다.

호칠도 자존심이 있었다. 영물이라곤 해도 한낱 새 때문에 천허자에게 매달리는 것은 자존심이 상하는 일이었다.

둘째 날은 결국 아무것도 하지 못하고 시신만 지키다 하루가 지나갔다. 돌무덤을 쌓는 일도, 음식을 구해오지도 못한 호칠을 천허자는 낄낄 웃으며 놀렸다.

"천골조 고기는 어디 있느냐? 너무 맛있어서 혼자서 다 먹은 게냐?"

말은 그렇게 했지만 종일 아무것도 못 먹고 천골조를 상대하느라 지친 호칠에게 천허자는 거무죽죽한 덩어리를 던져주었다.

"옜다. 그거라도 먹어라."

호칠은 뭔가 싫어 냄새를 맡아보았지만 아무런 냄새도 나지 않았다. 눈빛으로 이게 무엇인지를 묻는 호칠에게 천허자는 기분이 상한 듯 소리쳤다.

"멧돼지 고기 말린 거다. 이상한 거 아니니까 그냥 처먹어."

호칠이 고기를 먹는 것을 본 천허자는 다시 동굴 안을 빠른 속도로 움직이며 중얼거리기 시작했다. 누워서 어떻게 천골조를 상대할지만 고민하고 있던 호칠은 문득 청린사의 껍질에 생각이 미쳤다.

"어르신, 청린사랑 천골조랑 싸우면 누가 이겨요?"

호칠의 질문에 움직임을 멈춘 천허자는 한심하다는 표정으로 대답했다.

"그때그때 다르지. 한쪽이 확실하게 이길 수 있으면 매일 밤마다 저렇게 싸우겠냐? 청린사가 더 많은데도 제대로 훔쳐 먹지 못하는 걸 보면 천골조가 더 영물인 것 같기는 한데, 양쪽 모두 일정 수 이상 늘어나지를 못하는 거 보면 종(種)으로 비교하면 비슷한 것 같더라. 하늘의 이치란 그런 거지."

호칠은 고개를 끄덕이곤 다시 자리에 누웠다. 그 모습을 본 천허자는 휙하니 몸을 날려 호칠의 머리통을 후려치곤 말했다.

"놀지 말고 지금 나가서 먹을 거나 구해와. 멧돼지 고기도 얼마 남지 않았구만, 젊은 놈이 거저먹을 생각만 해요."

호칠은 천허자의 말에 순간 깨달아지는 것이 있었다.

'왜 낮에 무덤을 만들 생각을 했을까! 밤에 하면 되는걸.'

절벽에서 내려온 호칠은 우선 먹을 것을 구하기로 했다. 어두워 사물이 잘 분간되지는 않았지만 시간이 지나 눈이 어둠에 익숙해지자 그럭저럭 움직일 만했다.

사람의 손이 닿지 않고 여름이라 그런지 설익었지만 나무 열매들은 충분했다. 당분간은 먹을 것 걱정은 하지 않아도 될 것 같았다.

돌을 운반하기 위해 만든 주머니에 나무 열매를 잔뜩 담은 호칠은 절벽을 타고 오르기 시작했다. 내려올 때와 마찬가지로 손끝의 감각에 의지해 올라가야 했기 때문에 굉장히 더뎠다.

　호칠이 동굴에 돌아왔을 때 천허자는 잠들어 있었다. 나무 열매를 주머니에서 꺼내 동굴 한쪽 구석에 쌓은 후 호칠은 동굴을 나와 다시 절벽을 내려가기 시작했다.

　밤새도록 움직인 덕분인지 몸은 녹초가 됐지만 간신히 한 사람의 몸을 덮을 정도의 돌을 나를 수 있었다.
　'문제는 지금부터지.'
　어둠 속에서 절벽을 타느라 몸과 정신 모두 지친 호칠로서는 당장이라도 누워서 쉬고 싶었다. 하지만 그랬다간 천골조에게 종필과 장삼의 시신을 모두 뜯길 위험이 너무 컸다.
　호칠은 시신이 놓인 바위 위에서 뇌전신도를 뽑아 든 채로 앉았다.
　해가 뜨자마자 천골조는 절벽 위에서 모습을 드러냈다. 하지만 호칠이 뇌전신도를 뽑은 채 시신을 지키는 것을 보곤 함부로 달려들지 못하고 있었다.
　호칠은 죽을 것만 같았다. 눈은 모래를 뿌린 것처럼 뻑뻑했고, 자꾸만 졸음이 밀려왔다. 깜빡 잠이 들면 어떻게 알았는지 천골조는 귀신같이 내려와 시신을 쪼았다. 그나마 대충 돌무더기로 몸을 가린 종필의 경우에는 나았다. 덩치가 큰 데다 종필의 시신을 먼저 가리느라 돌이 몇 개 없는 장삼의 경우엔 훤히 드러난 것과 다름없어 호칠이 졸기만 하면 표적이 되었다.

밀려오는 졸음과 천골조 사이에서 악전고투를 마친 호칠은 해가 지고 나서야 간신히 쉴 수 있었다. 동굴 안으로 돌아온 호칠은 생각했다.

'이런 방법으로는 며칠 버티지 못하고 내가 먼저 죽겠다.'

다른 방법을 찾아야 했다.

시신을 동굴 안으로 옮기는 방법도 있긴 했지만 천허자가 반대할 것이 뻔했다. 호칠은 혹시나 하는 생각에 조심스럽게 말을 꺼냈다.

"저기, 어르신. 시신을 동굴 안에 옮겨놓으면……."

"안 돼! 하루도 지나지 않아 시체 썩는 냄새가 진동할 게 뻔한데 어딜 들여놓겠다는 거냐!"

사실 날이 따듯한 탓에 밖에 있는 시체에서는 벌써 냄새가 진동하고 있었다. 천골조도 문제지만 구더기가 끓는 것도 문제인 상황에서 천허자의 반대는 당연하다고 할 수 있었다.

호칠은 천골조를 없애는 수밖에 없다고 생각하곤 곧바로 청린사로 만든 밧줄과 뇌전신도를 챙겨 들고 동굴 밖으로 나섰다.

청린사로 만든 밧줄을 허리에 묶은 채로 절벽을 타고 오른 지 한 시진쯤 지났을 무렵, 호칠은 천골조와 청린사가 싸우는 소리를 들을 수 있었다. 팔이 후들거리고 땀이 범벅이 된 상태였지만 그 소리를 듣자 힘이 나는 듯했다. 청린사로 만든 밧줄의 한쪽 끝을 튀어나온 바위에 단단히 묶은 후 몇 번이나 확인을 마친 호칠은 다시 절벽을 오르기 시작했다.

얼마 지나지 않아 천골조의 둥지가 보였다. 천골조의 둥지는 사람 한두 명이 지낼 수 있을 법한 작은 동굴이었다. 동굴 근처에는 청린사들이 절벽의 튀어나온 부분에 몸을 감은 채 진을 치고 있었다. 두 마리의 천골조 중 한 마리는 동굴 밖에서 연신 청린사를 쪼아댔고, 다른 한 마리는 동굴 안으로 들어오는 청린사를 몰아내고 있었다.

천골조가 압도적으로 강했지만 청린사는 끈질겼고 무엇보다 수가 많았다. 청린사 때문에 호칠은 둥지 곁으로 접근하는 것이 힘들 정도였다.

둥지 안으로만 들어갈 수 있다면 뇌전신도로 충분히 천골조를 죽일 수 있다고 판단한 호칠은 뇌전신도를 휘둘러 청린사를 공격하기 시작했다.

갑작스런 공격에 청린사들은 당황한 듯했지만 곧바로 몸을 돌려 호칠에게 다가오기 시작했다. 한낱 뱀들이 이토록 빠르게 대응할 줄은 생각지 못한 호칠로서는 급박한 상황이었다. 절벽에 매달려 운신이 자유롭지 못했기에 다가오는 청린사들은 쳐냈지만, 절벽의 결을 따라 우회해 자신에게 다가오는 청린사들은 전혀 막아내지 못했다.

호칠이 조금 다치는 것을 감내하고라도 손을 놓고 밑으로 떨어질까 고민하던 차에 동굴 밖에서 청린사를 상대하던 천골조가 다가왔다. 그리곤 절벽을 붙잡고 있는 호칠의 손을 향해 부리를 뻗었다. 뇌전신도를 휘두를 틈도 없었다.

콱 하는 소리가 나고 천골조가 위쪽으로 날아올랐다. 호칠의 얼굴로 청린사 한 마리가 떨어졌다. 얼굴을 흔들어 청린사를 떨어뜨린 호칠은 천골조가 자신을 물려는 청린사를 없애준 것임을 눈치 챘다.

'내가 청린사들을 없앤 걸 도와준 걸로 착각하는 건가?'

잘됐다고 생각한 호칠은 계속해서 청린사를 떨어뜨리며 둥지가 있는 곳으로 나아갔다. 천골조 또한 그런 호칠을 돕겠다는 듯 사각에서 호칠에게 다가가는 청린사를 쪼아 떨어뜨렸다.

하지만 그것도 잠시, 호칠이 손만 뻗으면 둥지 안으로 들어갈 수 있을 정도로 둥지와 가까워지자 천골조는 반대로 호칠을 위협하기 시작했다. 호칠이 둥지에서 조금 떨어져 청린사들을 쳐내자 그제야 안심을 한 천골조는 다시 청린사들을 쪼기 시작했다.

이대로는 천골조 좋은 일만 한다고 생각한 호칠은 차라리 동굴에 돌아가 쉬자는 생각으로 몸을 돌려 내려가기 시작했다.

동굴에 거의 다다랐을 무렵 호칠은 땅에 떨어졌던 청린사들이 다시 절벽을 타고 오르는 것을 볼 수 있었다.

'이러니 밤새도록 싸워도 결론이 안 났던 거로군.'

청린사와 마주치기 조금 전 동굴 안에 들어간 호칠에게 천허자가 말했다.

"생각처럼 쉽진 않지?"

호칠은 바닥에 털썩 주저앉으며 물었다.

"그런데 청린사가 이 동굴에는 왜 안 들어오는 거예요?"

"여기 들어와서 무슨 재미가 있다고 여기를 들어오냐. 먹을 게 있는 것도 아닌데."

천허자는 호칠의 허리에 묶여 있는 청린사의 껍질을 가리키며 말했다.

"그리고 들어왔다간 그 꼴 나지."

호칠은 알았다는 듯 고개를 끄덕이곤 잠을 청하기 위해 누웠다.

"아, 그리고 천골조가 사는 둥지도 동굴이던데, 지금 우리가 있는 동굴도 그렇고 천골조 둥지도 그렇고 절벽 한가운데에 무슨 동굴이 있어요?"

호칠은 누운 채로 갑자기 생각났다는 듯 천허자에게 물었다.

"너 학대통(郝大通)이라는 도사도 모르냐?"

학대통은 금나라 때 사람으로 전진칠자(全眞七子) 중 한 사람이었다. 호칠은 갑자기 학대통의 이름이 왜 나오나 싶은 생각에 물었다.

"알긴 알죠. 그런데 갑자기 웬 학대통이에요?"

"학대통을 안다는 놈이 화산에 동굴이 왜 많은지를 묻냐?"

"왜요? 학대통이 동굴을 파기라도 했대요?"

"그렇지. 학대통이 화산에 와서 수행을 위해 동굴을 팠는데 이게 너무 잘 파진 거야. 그런데 감탄을 하고 있는 학대통에게 지나가던 수행자가 동굴이 너무 맘에 드니 자신에게 양보해 주면 안 되겠느냐 하고 조르기 시작했지. 보통사람이라면 화를 내었겠지만 학대통은 명색이 도사였는지라 기꺼이 동굴을 내어주고 다른 동굴을 파기 시작했지."

"그래서요?"

"그래서요는 무슨. 그렇게 몇 번이고 동굴을 파고 달라는 놈한테 주고를 반복하다 보니 신선이 돼버렸다는 얘기지. 그리고 화산의 동굴은 전부 학대통이 판 거란 농담이 나오는 거고."

학대통이 화산에 있는 동굴을 전부 팠다는 얘기는 조금 허황된 부분이 있지만 수행자들이 수행을 하기 위해 동굴을 팠다는 얘기로 생각하면 나름 이치에 닿는 이야기였다.

호칠은 천허자의 이야기에 피식하고 웃고는 잠시라도 쉬

기 위해 잠을 청했다.

눈을 뜬 호칠은 동굴 안으로 비쳐 들어오는 햇빛을 보고 자신이 늦게 일어났음을 깨달았다.

"젠장! 좀 깨워주지 그랬어요!"

천허자에게 소리친 호칠은 황급히 뇌전신도를 챙겨 동굴 밖으로 나왔다. 하지만 벌써 천골조에게 시신이 훼손당하고 있을 거라는 예상과는 달리 천골조의 모습은 보이지 않았다.

"지가 늦게 일어나 놓고 누구한테 신경질이야! 천골조는 오늘 코빼기도 안 보였으니까 그리 알아라."

'영물은 영물인가 보네. 어제 도와줬으니 안 괴롭히겠다 이거지.'

호칠은 돌 담는 주머니를 챙겨 절벽을 내려갔다. 주머니가 찢어질까 봐 가득 담지는 못했지만 아무런 진전이 없던 지난 이틀보다는 조금이라도 진전이 있는 편이었다.

호칠은 그날부터 매일 밤 절벽을 타고 올라가 천골조를 도와 청린사를 떨어뜨렸다. 그리고 천골조는 종필과 장삼의 시신을 건드리지 않았다. 잠 또한 부족했지만 한숨도 자지 못하던 그전과는 비교할 수 없는 상황이었다.

결국 한 달 정도의 시간이 지나자 제법 그럴듯한 석총(石塚) 두 개가 만들어졌다.

그 후로도 호칠은 계속해서 천골조를 도왔다. 이상하게 여긴 천허자가 이유를 묻자 호칠이 한 대답은 '의리'였다.

"지들이 영물이라고 은혜를 갚는다면, 저는 인간인데 의리를 보여줘야죠. 볼일 끝났다고 팽(烹)할 수는 없잖아요."

그 후로 한 달 정도가 더 지나고 종필과 장삼의 돌무덤 옆에는 두 개의 돌무덤이 더 만들어졌다. 고가와 이원지의 무덤이었다. 비록 시신은 수습하지 못했지만 무덤이라도 만들어야겠다고 생각한 호칠이 한 행동이었다. 마지막으로 종필과 장삼의 도를 챙겨 돌무덤에 꽂은 호칠은 동굴로 돌아갔다.

눈은 반개(半開)한 채 가부좌를 틀고 앉은 호칠의 몸에서는 한겨울임에도 뜨거운 김이 모락모락 솟아올랐다. 천허자 또한 호칠의 등에 손을 댄 채 얼굴이 벌게져 있었다.

호칠의 몸에 작은 경련이 일어났다.

'이놈아, 조급해하지 말아라.'

천허자의 마음이 전해진 것일까? 호칠은 흐트러지는 진기를 다시 모을 수 있었다.

기혈을 회복하는 작업은 매 순간순간이 중요했지만 오늘은 특히나 중요한 날이었다. 조금만 더 하면 천허자가 회복시킨 기혈과 호칠이 회복한 기혈이 만날 것이기 때문이었다. 조금만 호흡이 어긋나도 돌이킬 수 없는 결과가 나올 것이었다.

천허자의 얼굴에는 전에 없을 만큼 신중함이 떠올라 있었다. 천허자는 콧등을 타고 땀이 흘러내리는 것도 개의치 않고, 눈을 감은 채 진기를 움직이는 일에만 집중했다.

이때를 위해서 태청심공을 연구하고 또 연구했다. 그나마 자신이 배운 심법 또한 화산의 심법으로 도가 계열인 것이 다행이었다.

천허자와 호칠의 진기가 만나는 순간 호칠은 반개했던 눈을 떴다. 그와 동시에 천허자의 몸은 뒤로 밀려났다. 온 힘을 진기를 움직이는 데만 신경 쓰던 천허자는 밀린 그대로 나뒹굴었다. 하지만 천허자는 금방 오뚝이처럼 발딱 몸을 일으켜 호칠을 바라보았다. 천허자의 눈은 기대에 가득 차 있었다.

호칠의 몸속에서 뼈가 어긋났다 다시 이어지는 듯 우득우득하는 소리가 났다. 안광은 빛났고 고통스러운 듯 이를 앙다무는 소리가 들렸다.

몸속에서부터 들리던 소리가 점차 잦아들고, 호칠은 정신을 잃은 듯 상체가 숙여졌다. 천허자는 손으로 땅을 쳐 몸을 날렸다. 쓰러지려는 호칠의 몸을 부축한 천허자는 손을 놀려 호칠의 몸을 진맥해 나갔다. 천허자의 눈에는 희열이 넘쳤다.

'으하하! 해냈다! 해냈어!'

자신의 다리가 회복되지 못한 것을 보상받는 기분이었다. 잠든 호칠의 모습을 내려다보는 천허자의 얼굴에는 만족스런 미소가 가득했다.

호칠은 오래간만에 전신에 진기를 돌려보았다. 구석구석 막히는 곳 없이 흐르는 것이 오히려 예전보다 순탄하면서도 힘찼다.

"환골탈태(換骨奪胎)한 기분이 어떠냐?"

"예? 환골탈태요?"

천허자의 질문에 호칠은 바닥을 둘러보며 말했다.

"뭐 하는 거냐?"

"환골탈태했으면 껍질이 있어야죠."

여전히 바닥을 둘러보는 호칠의 머리통을 쥐어박으며 천허자는 말했다.

"사람이 무슨 뱀도 아니고 무슨 껍질을 벗어. 껍질을 벗는다는 건 비유지 정말 그런 건 아니다."

천허자는 아프지도 않은 머리를 쓰다듬으며 엄살을 부리는 호칠을 보며 궁금한 듯 물었다.

"한계를 초월한 기분이 좀 드냐?"

"힘이 좀 넘치긴 하는데 그것 말고는 별다른 건 없는데요."

"쩝. 뭐, 그렇겠지. 환골탈태한다고 불쑥 강해지는 것도 아니니. 아무튼 근골이 다시 맞춰져서 무공을 익히기엔 최고의 몸이 됐으니 앞으로 부쩍 강해질 거다. 나가서는 괜히 객사하지 않게 조심하고."

지난 몇 달 사이 호칠과 부쩍 정이 든 천허자로서는 아무렇지도 않은 척 나간다는 말을 하기가 힘들었다.

호칠은 잠시 생각에 잠겼다가 천허자에게 물었다.

"지금 염우백이라는 노인과 다시 싸우면 분명히 지겠죠?"

"당연한 거 아니냐? 아까도 말했지만 환골탈태한다고 불쑥 세지는 게 아니래도. 한 십 년쯤 꾸준히 수련하면 한번 해볼 만하겠지."

호칠은 눈을 크게 뜨며 반문했다.

"십 년이요?"

"네 오성이 뛰어나다는 전제하에 명사 밑에서 꾸준히 수련하면 십 년 정도 걸릴 거다. 뭐, 상대가 강해지지 않는다는 조건이 붙기는 하지만. 마흔이 되기 전에 천하제일인이 된다는 얘긴데 싫으냐?"

"천하제일인은 필요없고 염우백이라는 노인을 이겨야 색시를 되찾죠."

그간 함께 지내며 호칠의 사정을 들어 알고 있는 천허자는 소미 이야기가 나오자 표정이 어두워졌다.

"그건 그런데, 내가 보기엔 염우백이라는 자가 천하제일인이다. 일원상만월도라는 초식에서도 드러나듯이 불가의 사람 같은데 어찌 그런 일을 하는지 모르겠구나."

“명사라면 둘이나 있으니 걱정할 것 없겠네요. 오늘은 늦었으니 내일 나가도록 하죠.”

호칠의 말에 천허자는 당황하며 말했다.

“나가긴 어딜 나가. 난 여기 있을 건데.”

“명사가 있어야 된다면서요. 세상 유람하는 셈치고 나가요.”

“이젠 나이도 들고… 무림에 미련도 없고… 활근법이 성공하는 것을 봤으니 여한도 없고… 게다가 아직도 날 기억하는 놈들이 마교의 첩자라고 그럴지도 모르고……”

호칠의 권유가 천허자도 싫지만은 않은 듯 우물거렸다.

“아닌 척하면 누가 알아봐요. 나가기 싫으면 말고요.”

“누가 싫다냐. 그냥 그렇다는 거지.”

자신이 둔 강수가 먹히자 호칠은 슬그머니 웃으며 말했다.

“그럼 내일 떠나기로 하고 오늘은 쉬죠. 그리고 활근법이 뭐예요. 모양새 안 나게. 비자신공(榧子神功) 정도는 되야죠. 비자나무가 다시 붙듯 철썩 다시 붙인다.”

“이름은 네 녀석 맘대로 해라. 누가 알 일도 없을 텐데 이름이야 아무렴 어떠냐?”

“그래도 기분의 문제죠.”

말을 마친 호칠은 뇌전신도를 집어 들고 동굴 밖으로 나섰다.

"오늘도 가는 거냐?"

천허자의 말에 호칠은 고개를 돌려 빙긋 웃어 보이곤 말했다.

"그럼요. 내일 떠난다고 말도 해줘야죠."

"천골조가 걱정되면 청린사를 다 죽여 버리지 그러냐?"

"걔네도 살자고 하는 짓인데 어떻게 그래요. 또 다 조화를 이루고 사는 놈들인데 한쪽만 없앴다가는 큰일나죠."

말을 마친 호칠은 절벽을 타고 오르기 시작했다. 차가운 바람이 불었다. 절벽을 오르는 호칠의 손에 힘이 들어갔다. 내공이 돌아오니 절벽을 오르는 속도가 예전과 비할 바가 아니었다.

절벽 위쪽에서는 청린사와 천골조가 싸우는 소리가 들려왔다.

호칠이나 천허자나 마을에 도착할 때까지 먹을 식량을 챙기고 나니 더 챙길 것이 없을 정도로 짐이 없었다.

동굴에서 나온 호칠은 종필과 장삼의 무덤 앞에 섰다.

'종필 형님, 사부님께서 오히려 형님께 미안해할 것이오. 못난 동생은 다시 강호로 나가겠습니다. 장삼 형님, 복수해 달라 하셨지요. 당연한 말을 하고 그러십니까. 화산파에 반드시 죄를 물을 것입니다.'

호칠의 눈이 번뜩이고 뇌전신도가 절벽을 향해 휘둘러졌다. 도광이 번뜩이고 돌조각이 튀었다.

섬서사협지묘(陝西四俠之墓).

"가자."
천허자는 호칠에게 가자 말하고 손을 놀려 절벽을 타고 내려갔다. 그 속도는 놀라워 두 다리가 멀쩡한 사람이라도 흉내 내지 못할 빠르기였다. 호칠 또한 한 마리 비조와 같이 몸을 날렸다.
섬서사흉의 석총 위로 눈송이가 떨어져 내렸다.

『천상비』1권 끝

입소문을 통해 아는 분은 다 알고 계십니다!
올 한해 공인중개사 최고의 화제작!

수험생 기본 필독서
만화 공인중개사

2008년 봄 그들이 온다!!

권왕무적의 초우, 궁귀검신의 조돈형, 삼류무사의 김석진, 태극검해의
한성수, 프라우슈 폰 진의 김광수, 흑사자의 김운영, 송백의 백준 등

총 20여 명에 이르는 호화군단의 인더북 이북 연재 확정!!
그 외에도 많은 정상급 작가들의 이북 연재 런칭 예정!!

**포도밭 그 사나이, 새빨간 여우 등의 로맨스 정상급 작가
김랑의 작품을 이북 연재로 만나다!!**

오직 인더북에서만 독점 연재!!

아쉬움을 남기고 1부에서 막을 내린 **권왕무적 시리즈의 2부** 등 인기 작가들의 수준 높은
미공개 작품들이 시중에 책으로 출간되지 않고, 오직 인더북에서만 연재됩니다.

COMING SOON! INTHEBOOK.NET

1. 인더북의 이북 유료연재는 2008년 1월 말 ~ 2월 중순경 오픈
2. 인더북에 연재되는 작품들은 시중에 출판되지 않은 작품들로 엄선

**이북 유료연재의 새로운 도전! 그리고 새로운 시작! 인더북!!
곧 새로운 모습의 이북 연재 사이트로 여러분께 다가가겠습니다.**

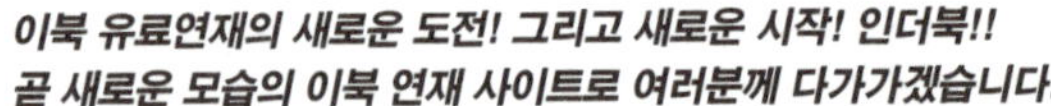